KB266808

흉담

전건우 장편소설

흉담

凶談

래빗홀
RABBIT HOLE

경고

절대 소리 내서 읽지 말 것,

절대 한밤중에 읽지 말 것,

절대 자기 전에 읽지 말 것,

다 읽은 뒤에는 소금물로 입을 헹굴 것.

차례

프롤로그

지금부터 내가 듣고 경험한 것들 중 가장 섬뜩한 이야기를 하려 한다. 그리고…… 어쩌면 가장 위험할지도 모를 이야기를.

공포 장르를 즐겨 쓰는 소설가에게 늘 따라오는 질문은 이것이다.

"살면서 제일 무서웠던 적이 언제인가요?"

그런 질문을 받을 때면 나는 늘 다음 달 내야 할 카드값 고지서를 받았을 때라고 농담 삼아 이야기한다. 물론 그 후에는 이런 말도 덧붙인다.

"저는 겁이 없는 편입니다. 그렇기에 오히려 공포 장르를 더 파헤치려 하는 것 같아요."

그렇다. 실제로도 나는 다른 이에 비해 겁이 없다. 충분히 두려워할 만한 상황에서도 이상하리만큼 침착함을 유지한다거나 이성적으로 대처하는 편이다. 게다가 무딘 신경 때문인지 심하게 놀라지도 않는다. 어떻게 보면 공포소설을 쓰기에 더없이 적합한 것 같지만, 또 다르게 보자면 썩 어울리는 성격이 아닌 것도 같다.

물론 나는 일반적으로 보자면 꽤 기이하고 괴기스러운 경험을 제법 했다. 어떤 경험은 소설 속에 은근히 녹여내기도 했고, 어떤 경험은 누군가에게 들려주기도 했다. 다만 몇 가지는 절대, 그 누구에게도, 어떤 식의 형태로든 공개하지 않았다. 세상에는 해도 되는 이야기와 절대 해서는 안 되는 이야기가 있는데, 내가 감춘 것들은 대부분 후자에 해당한다.

너무나 끔찍하거나 참혹한 것들, 혹은 상식을 훌쩍 뛰어넘어 도무지 현실에서 일어나지 않을 것만 같은 이야기…….

이제 와서 털어놓지만, 그런 이야기 중에는 생명의 위협을 받았던 경험이 녹아든 것도 있다. 단순히 '무서워죽겠다'라는 관용적인 표현이 아니라, 실제로 죽을 뻔한 적이 있었다는 뜻이다. 앉아서 글만 쓰는 소설가가 도대체 왜 그런 경험을 하느냐고 묻는다면 딱히 할 말은 없다. 다만 나는 재미있는 소설이란 꼼꼼한 취재에서 나온다고 믿기에 악의에 가득 찬 사연이 깃든 곳이면 주저 없이 찾아다니곤 했다. 그런 쪽으로 해박한 지식을 가진 이와의 만남도 거부하지 않았다.

한 번은 지리산 암자에 사는 노승(老僧)과 이야기를 나눈 적이 있었다. 그는 출가한 지 60년이 넘어서야 속세의 욕망과 두려움에서 간신히 벗어났다고 말했다. 나는 농담 삼아 이런 질문을 던졌다.

"스님께서는 이곳에서 혼자 지내시는데 무섭진 않으십니까?"

내 물음에 노승은 허허, 웃더니 이렇게 대답했다.

"무섭지 않다면 거짓말이지요. 오늘 아침만 해도 객귀(客鬼)가 마당을 어슬렁거리다가 사라진걸요."

“객귀라면……”

“산에 올랐다가 불의의 사고로 망자가 된 영혼이겠
지요. 이 나이가 되어도 그런 걸 보는 건 무섭습니다.
겁이 없다 하셨지요? 그래도 조심하셔야 합니다. 진짜
무서운 것들은 그런 이들에게 들러붙으니 말입니다.”

그러고 얼마 안 가 실제로 그런 일이 일어났다.

나는 이 이야기를 소설로 써야 할지 말아야 할지 수
년 동안 고민했다. 내 지인 중 몇몇은 알 것이다. 내가
꽤 오래 두문불출하며 지냈고, 수시로 정신을 잃고 쓰
러져 병원 신세를 졌다는 사실을. 그게 바로 내가 직
접 겪은, 그리하여 지금부터 들려주게 될 어떤 사건의
여파 때문이었다. 오랜 고민 끝에 이것을 소설로 쓰게
된 계기는 이제 내 안에서 나름의 정리가 끝났기도 하
거니와 마력이라고 할까, 저주라고 할까, 아무튼 사악
한 그 어떤 힘이 옅어졌다는 확신을 품었기 때문이기
도 하다.

그렇다. 내가 앞으로 하게 될 이야기는 저주에 관한

것이다. 그것도 매우 강력하고 사특한 저주.

세상에는 수많은 저주가 존재한다. 믿지 않는 사람도 있을 것이다. 그런 사람이라 해도 살면서 한 번쯤 이런 생각은 해보지 않았을까?

누군가가 미워죽겠다…….

저주란 거창한 의식이 아니라 바로 그런 사소하고 자잘한 원망과 미움이 쌓인 상태를 말한다. 그 감정을 말로 내뱉었을 때, 이를테면 '저 인간 없어졌으면 좋겠다'라거나, '걷다가 콱 넘어져버려라!' 같은 흔한 표현으로라도 중얼거리게 된다면 그 역시 저주의 형태가 된다. 내가 만난 한 무속인은 이렇게 말했다. 우리는 매일 누군가를 저주하거나 누군가에게 저주받고 있다고…….

물론, '무고(巫蠱)'라는 이름으로도 불리는 '진짜 저주', 즉 남을 해치는 사악한 술법이 그리 흔한 건 아니다. 예로부터 내려온 여러 '저주술'이 존재하기는 하지만, 현대에 이르러서는 그 종류도 줄었고, 사악한 힘 자체도 약해졌다. 그럼에도 여전히 마음만 먹으면 인터넷을 통해 이른바 '저주 인형'을 쉽게 살 수 있고, '저주 카페'니 하는 커뮤니티도 활발하게 돌아가며, 무엇보다 남을 저주해주겠노라고 유혹하는 얼치기 무속인이 버젓이 존재한다. 일상적으로 타인을 저주하는 일에서 벗어나 조금 더 구체적인 위해를 가하고픈, 혹은 그런 일에 호기심을 느끼는 사람이 그만큼 많다는 뜻이다.

미리 말하지만, 그런 본격적인 저주는 절대 행해서는 안 된다. 왜냐하면 저주에는 꼭 그만큼의 대가가 따라오기 때문이다. 남의 다리가 부러지길 바란다면 내 다리를 내줄 각오가 되어 있어야 하고, 남의 인생이 망하길 바란다면 내 인생도 걸어야 한다. 이것이 저주의 법칙이다.

적어도 '그 사건'을 겪기 전까지는 그렇다고만 생각했다. 이른바, '등가교환'이 저주의 기본이라고.

하지만…… 등가교환 없이 순수한 악의와 강렬한 원념만으로도 저주를 만들어내고, 그것이 맹렬한 폭우처럼 퍼붓게 되는 경우도 있다.

나는 지금부터 이야기할 사건을 통해 그걸 깨달았다.

어쨌든 이 이야기는 소설의 형태를 띤다. 그러니 여기 등장하는 인물의 이름은 모두 가명이고, 지명 역시 내가 임의로 지어냈다. 몇 개의 사건은 조금 순화하기도 하고, 이야기가 펼쳐진 과정 중 일부를 뒤섞거나 빼거나 아니면 더하는 식으로 소설의 맛을 살린 부분도 있다.

그럼에도 한 가지 분명한 것은 이 소설이 실화를 기반으로 했다는 사실이다. 내가 드디어 이 이야기를 소설로 쓰겠노라 결심했다고 털어놓았을 때, 사건에 개입되었던 영험한 한 무속인은 반은 농담조로 이렇게 말했다.

"소설 맨 앞에 경고라고 써둬. 절대 소리 내서 읽지 말 것, 절대 한밤중에 읽지 말 것, 절대 자기 전에 읽지 말 것, 다 읽은 뒤에는 소금물로 입을 헹굴 것."

그때 나는 웃어넘겼지만 몇 번 고민해본 결과, 아무래도 그런 경고를 넣는 편이 낫겠다 싶었다.

자, 사설이 길었다.

이제 이야기를 시작하겠다.

언제나 그렇듯, 누군가의 죽음으로 이야기는 시작
한다.

그것도 아주 기괴한 죽음으로…….

의문의 죽음

　당시 나는 신작이 잘 풀리지 않아 꽤 머리를 싸매고 있었다. 봄이 물러가고 여름의 기운이 슬금슬금 다가오기 시작하는 5월 초순이었다. 5월 말까지는 마감해야 여름에 첫선을 보일 수 있기에 내가 받는 스트레스는 상당했다. 출판사에서는 조심스러운 투로 마감을 재촉했고, 나는 그때마다 잘 되어간다고 호언장담했지만…… 실상은 달랐다. 물론 아이템이 없던 건 아니었다. 쓰고 싶은 건 많았고, 쓸 수 있는 것 역시 많았다. 다만 어느 것 하나 내 성에 차지 않았다는 게 문제라면 문제였다.

그때의 나는 공포소설가로 불리는 데 책임감과 부담감을 동시에 느끼고 있었다. 2008년에 데뷔한 이래 가장 애정을 쏟아온 장르가 공포이기는 하지만, 딱히 뭔가를 이루어내지 못한 게 사실이었고 그 점이 내 어깨를 무겁게 했다. 나는 그야말로 걸작이자 대표작, 내 이름을 대면 누구나 단번에 떠올릴 만한 공포소설을 쓰고 싶었다. 그 강렬한 열망이 오히려 독이 되었던 게 당시의 내 상황이었다. 자고로 몸에 너무 힘이 들어가면 움직이기가 그만큼 더 어려운 법이니까.

아무튼 그런 상황 속에서 바로 그 메일을 받았다.

이쯤에서 내 일과를 간단히 말하자면, 나는 일찌감치 잠들어 새벽에 일어나 작업하는 '새벽형 인간'이었다. 책상에 앉아 제일 먼저 하는 일은 메일함 정리였다. 읽지 않은 메일을 확인하거나 읽은 메일에 답장을 보내는 게 이때 주로 하는 일이었다.

그 메일은 제일 상단에 있었다. 제목부터가 눈길을 끌었다. 아니, 자세를 고쳐 앉을 수밖에 없는 제목이었다.

아버지께서 돌아가셨습니다.

메일을 보낸 이의 이름은 '차미조'였다. 모르는 사람이었다. 다만 제목이 주는 무게감에 나도 모르게 메일을 클릭했다. 내용은 그리 길지 않았지만 내게 충격을 주기에는 충분했다.

안녕하세요?
저는 차문수 교수님의 딸, 차미조라고 합니다.
일주일 전, 아버지께서 돌아가셨습니다.
아버지의 죽음에는 불가사의하고 석연치 않은 구석이 있습니다.
작가님과 그 부분에 대해 의논하고 싶습니다.
언제든 괜찮으니 작가님이 편하신 장소를 알려주시면 그곳으로 가겠습니다.
감사합니다.

차문수 교수와는 인연이 있었다. 몇 해 전 오컬트가 잠시 인기를 끌었을 때 관련 TV 프로그램이 우후죽

순처럼 생겨났는데, 그때 한 프로그램에 같이 패널로 출연한 적이 있었다. 나는 귀신의 존재를 믿는 소설가, 차문수 교수는 무속 관련 지식이 뛰어난 민속학 교수라는 게 그 프로그램에서 각자 맡은 포지션이었다. 반대편에는 물리학자와 괴이를 부정하는 연예인이 있어 나름의 대립 구도가 형성되었다. 그랬기에 나와 차문수 교수는 자연스레 친해졌다. 물론 꾸준히 연락을 주고받지는 않았지만 서로의 SNS에 '좋아요'를 누르거나 댓글을 다는 사이 정도는 유지해왔다. 일주일 전만 해도 차문수 교수는 새로운 이야기를 발굴해냈다며 기뻐하는 게시물을 올렸다. 그랬는데…… 죽었다고?

도무지 믿을 수가 없었다. 분명 내 연락처도 있을 텐데 왜 부고가 전해지지 않았는가도 의문이었다. 나는 일단 차문수 교수의 딸, 차미조에게 답장부터 했다.

고인의 명복을 빕니다.

마음이 아프네요.

괜찮으시다면, 오늘이라도 당장 뵙고 이야기를 나누고 싶습니다.

홍대에 있는 카페에서 오후 2시 어떨까요?

그렇게 내용을 쓰고 자주 가는 카페의 주소 링크를 넣은 뒤 메일을 보냈다. 그러고는 곧바로 인터넷을 뒤지기 시작했다. 차문수 교수의 죽음과 관련한 기사가 있을지도 모른다는 생각에서였다. 여러 키워드를 넣고 검색한 끝에 결국 기사 하나를 찾아냈다. 일주일 전에 작성된 짧은 사회면 기사였다.

4월 30일 오전, 60대 남성이 자택에서 사망한 채 발견되었다. 사망한 남성은 민속학 교수인 차 씨로 경찰은 원한에 의한 살인으로 추정하고 수사를 시작했다.

원한에 의한 살인이라……. 각별한 사이는 아니지만 차문수 교수가 누군가에게 죽임을 당할 정도의 원한을 살 사람이 아니라는 것쯤은 알 수 있었다. 그는 선하고 푸근한 인상 그대로 말투며 행동 역시 부드럽고 정중했다. 점잖게 나이 든다는 게 어떤 것인지 잘 보여주는 사람이 바로 그였다.

또 하나, 다른 기억이 떠올랐다. 4월 30일 새벽에 일어나 보니 차문수 교수의 부재중 전화 알림이 핸드폰에 떠 있었다. 아침에 다시 걸어보자 하고는 내처 잊고 있었는데 결국 그는 죽고 말았다.

차문수 교수에게 도대체 무슨 일이 일어났던 것일까?

내 머릿속에서 안타까움과 호기심이 뒤섞여 묘한 감정을 만들어냈다. 한편으로는 또 다른 궁금증이 슬그머니 고개를 들었다.

차미조는 왜 내게 연락한 걸까?

일반적인 살인 사건이라면 경찰의 수사 결과를 기다리는 게 상식이다. 그런데 차미조는 불가사의하다는 표현을 쓰며 내게 도움을 청해왔다. 일개 소설가인 내가 살인 사건을 해결할 수 없다는 건 차미조도 잘 알 것이다. 나는 평범한 사람과 비교했을 때 괴이한 현상이나 사건에 조금 더 조예가 깊을 뿐이다. 차미조가 그걸 인지하고 연락한 거라면, 아버지의 죽음에 그야 말로 불가해한 무언가가 있다고 판단한 게 아닐까, 나는 조심스레 추측했다. 여러 생각에 고민이 깊어갈 때 마침 차미조로부터 답장이 왔다. 단 한 줄짜리 메일이었다.

네. 오후 2시에 뵙겠습니다.

나는 날이 밝자마자 홍대 작업실로 향했다. 그곳에서 오전 내내 다음 작품 구상에 전념했지만 이렇다 할 결과물은 나오지 않았다. 그렇지 않아도 집중이 안 되는데 머리 한편에는 차문수 교수의 죽음이 가득 들어차 있으니 애초에 뭔가를 쓴다는 게 불가능한 상황이었다. 그러다 보니 시간은 한없이 더디게만 흘렀다. 결국 나는 빠르게 포기 선언을 하고 노트북만 챙겨서 단골 카페로 갔다. 그때가 정오 무렵이었다.

작업실에서 멀지 않은 곳, 언덕배기에 자리한 카페에는 언제나처럼 손님이 그리 많지 않았다. 어린 커플

한 쌍과 탈색한 뒤 푸르게 염색한 짧은 머리가 꽤 잘 어울리는 젊은 여성이 다녔다. 나는 지정석이나 다름없는, 내향인을 위한 맨 구석 자리에 앉았다. 그러고는 늘 마시는 유자에이드를 시키고 노트북을 열었다. 아무것도 쓰지 않는다고 할지라도 노트북은 항상 켜놓아야 하는 게 무릇 소설가의 기본 자세였다.

누군가가 말을 걸어온 건 바로 그때였다. 내가 자못 진지한 표정으로 유튜브 알고리즘에 감탄하며 영상 하나를 막 클릭하려던 그때.

"전 작가님이시죠?"

나는 고개를 들었다. 카페에 들어오면서 봤던 파란 머리 여자가 서 있었다.

"차……미조 씨?"

차미조는 고개를 끄덕인 뒤 바로 맞은편 자리에 앉았다. 자그마한 체구, 하지만 강단 있는 표정에 차가운 인상을 주는 20대 여성이었다. 전체적으로는 어른스러운 분위기를 풍겼지만, 양쪽 손목에 자리한 고양이와 까마귀 타투는 딱 그 나이대로 보이게 만들었다. 다만 차미조는 그 외에도 말로 설명하기 힘든 독특한 기운을 내뿜었다. 눈매를 강조한 화장이나 온통 까만색으로 뒤덮은 옷 때문만은 아니었다. 그에게서는 내가 익히 만나왔던 무속인의 기운이 느껴졌다. 하지만……지나치게 구부정한 어깨와 거북목이 이질감을 불러왔다. 무속인은 대체로 자세가 꼿꼿하니까.

"안녕하세요? 나와주셔서 감사해요. 차미조라고 합니다."

차미조는 그렇게 말하며 내게 명함을 내밀었다. 명함을 주고받는 건 예상에 없던 일이라 나는 허둥대며 그걸 받아 들었다.

차미조 | 편집자

폭스홀 출판사

010-XXXX-XXXX

명함에는 분명 '편집자'라 찍혀 있었다. 그것도 출판사 편집자. 그러고 보니 그의 거북목이 이해되기도 했다. 무속인 쪽이 아닌가 짐작했던 건 완전히 헛다리를 짚은 셈이 되었다.

"죄송합니다. 저는 명함을 챙겨 나오지 못해서……."

나는 서둘러 사과했다.

"아니에요. 작가님들 중에 명함 가지고 다니시는 분 얼마 없더라고요. 특히 유명 작가님은 더."

그런 의도는 아닐 텐데 묘하게 비꼬는 것처럼 들렸다. 아니면 나무라는 것처럼 들리기도 했다. 무표정한 얼굴로 말하니 더 그랬다. 아무려나 중요한 건 그게 아니었으니 나는 바로 본론을 꺼냈다.

"아버님 일은 참 유감입니다. 미리 연락을 주셨으면 장례식장에 꼭 갔을 텐데요."

"아직 장례식을 못 했습니다. 부검이 끝나지 않아서."

차미조는 메마른 목소리로 말했다.

"아…… 그렇군요. 보통 일주일 정도면 끝날 법도 한데……."

"시신 상태가…… 워낙에 참혹해서요."

차미조의 얼굴에 처음으로 표정이 떠올랐다. 찰나였

지만 미간을 찌푸리며 고개를 살짝 숙였다. 나는 조심
스레 물었다.

"혹시 차미조 씨인가요? 교수님을 처음 발견한 분
이……."

"네. 저였어요."

뭐라 대꾸할 말을 찾기 힘들었다. 참혹하다고 표현
할 정도의 시신을, 그것도 아버지의 시신을 발견했다.
차미조가 받았을 충격은 짐작도 하기 어려웠다. 내가
멍하니, 그래도 뭔가 위로의 말을 던져야 하는 게 아닌
가 필사적으로 생각하며 바라보고 있을 때 차미조가
먼저 입을 열었다.

"아버지가 죽기 전날 밤에 저랑 통화했거든요. 아침
에 집으로 오라고. 만나서 재미있는 이야기를 들려주
겠다고. 그래서 찾아갔는데 아무리 초인종을 눌러도
대답이 없으셔서 문을 열고 들어갔어요. 도어록 비밀
번호, 알고 있었거든요."

차문수 교수는 지금의 내 나이 때쯤 이혼해 여태 혼
자 살고 있었다. 맨날 책만 끼고 있다 보니 아내 마음

을 몰라줬다며, 그는 예의 그 사람 좋아 보이는 미소를 지으며 말했다. 언젠가의 회식 자리에서였다. 가족과 오래 떨어져 살긴 했지만, 이혼한 후에도 딸과는 계속 좋은 관계를 유지한 모양이라고 나는 생각했다. 차미조는 말을 이었다.

"집으로 들어선 순간 이상하다는 걸 느꼈어요. 집 안 전체에 냉기가 흐르고 있었거든요. 에어컨을 틀었을 때와는 전혀 다른, 그야말로 뼛속까지 스미는 그런 냉기였어요. 팔에 돋은 소름을 쓸어내려야 할 정도였으니까요. 저는 현관에 선 채 아버지를 불렀지만…… 돌아온 건 침묵뿐이었어요. 큰일이 났구나, 싶었죠. 안 그래도 간밤의 꿈이 영 마음에 걸려 약속 시간보다 일찍 찾아간 거였거든요."

"안 좋은 꿈을 꾸셨나 봅니다."

"네. 자랑할 건 아니지만, 제 꿈은 나쁜 쪽으로는 적중률이 꽤 높거든요. 아무튼, 그래서 얼른 신발을 벗고 거실로 올라갔는데…… 몇 걸음 안 가 안방 앞에 천장을 보고 쓰러져 있는 아버지를 발견했어요. 무언가를 보고 놀라서 그대로 굳은 것 같았어요. 물론 그뿐만은 아니었지만……."

차미조는 다시 얼굴을 살짝 찡그렸다. 그날의 기억이 떠올라 괴로운 모양이었다. 그래도 핵심을 피해 갈 수는 없었다. 이번에는 나도 주저하지 않고 질문을 던졌다.

"교수님 상태가 어땠나요? 괴로우시겠지만……."

"새빨갰어요."

"네?"

무슨 뜻인지 이해할 수 없어 되묻고 말았다.

"온몸이, 할퀸 자국이라고 해야 할지…… 아무튼 손톱으로 마구 긁어놓아서 상처로 가득했어요. 말로 설명드리기보다는 직접 보시는 게 나을 것 같은데…… 보실 수 있겠어요?"

차미조는 내 눈을 똑바로 보며 물었다. 마치 떠보는 것 같았다. 끔찍한 걸 볼 용기나 자신이 있는지.

"사진이라도 있는 겁니까?"

내 질문에 차미조는 고개를 끄덕였다.

"네. 혹시 몰라 경찰이 오기 전에 찍어뒀어요."

혹시 모른다는 게 어떤 상황을 가정한 건지는 몰라도 그 순간에 사진 찍을 생각을 했다니 보통 담력이 아니구나 싶었다.

"보여주십시오. 괜찮습니다."

내 말을 기다렸다는 듯 차미조는 손에 쥐고 있던 핸드폰의 잠금을 풀고 내게 내밀었다. 거기에 사진 한 장이 떠 있었다. 나는 핸드폰을 받아 들고 사진을 들여다봤다. 사진 속에 펼쳐져 있는 참혹한 상황은 지금껏 내가 본 어떤 장면보다 끔찍했으며 동시에 기괴했다.

차문수 교수는 말 그대로 온몸이 빨갛게 변한 채로 죽어 있었다.

얼굴, 팔, 그리고 다리까지, 겉으로 드러난 피부 곳곳이 할퀸 자국들로 뒤덮여 있었다. 마치 사나운 짐승이 덮친 것 같았다. 천장을 보고 누운 얼굴에는 특히 상처가 심해서 피로 범벅이 된 상태였다. 두 눈과 입은 고통의 단계를 매기듯 한없이 크게 벌어져 있었다. 심지어 오른쪽 안구는 반쯤 빠져나와 덜렁거리는 채였다.

도대체 누가, 아니…… 무엇이 이런 상처를 냈단 말인가.

나는 그 존재가 무엇인지 짐작해보려 하다가 새로운 사실, 더 끔찍한 사실을 알게 됐다.

이 상처는 타인이 낸 게 아니다.

머리 위로 쭉 뻗은 차문수 교수의 손, 그 손끝에 살점과 피가 덕지덕지 달라붙어 있었다. 그렇다는 건…… 차문수 교수의 피부를 가로지른 상처는 모두 스스로 냈다는 뜻이었다. 자기 몸을 미친 듯이 할퀸다. 피범벅이 될 때까지. 정말로 미치지 않고서야 이런 행위가 가능할까? 뒤통수가 서늘해졌다.

"이건 정말…… 하아."

나는 말을 잇지 못했다. 저절로 한숨이 나왔다. 너무나도 비현실적이라서 오히려 더 생생해 보였고, 그랬기에 등을 타고 오소소 소름이 올라왔다. 이건 원한에 의한 살인 같은 게 아니었다. 경찰도 딱히 설명할 길이 없어 그런 상투적인 표현을 썼을 뿐이리라.

"이 상처가 직접적인 사인은 아니래요, 물론. 경찰은 일단 심장이 멎을 정도의 큰 고통을 느꼈고, 그 고통 때문에 이렇게 발버둥 쳤을 것이다…… 정도로 이야기하더라고요."

차미조가 말했다. 나는 물었다.

"그러면 그 고통이라는 게 정확히 무엇 때문에 발생했는지 몰라서 외부 침입, 그러니까 살인 쪽으로도 생각하는 겁니까?"

"네. 그걸 밝혀내려다 보니까 부검도 길어지는 것 같더라고요. 독극물도 배제할 수 없다고 해요. 근데 외부에서 억지로 침입한 흔적이 없어요. 제가 들어갔을 때 분명 문은 잠겨 있었어요. 베란다 창문이 열려 있긴 했는데 11층이라 거기로 누가 침입할 순 없어요."

"그렇다는 건 교수님께서 무언가, 아니 누군가를 직접 들이셨다는 게 되는 건가요?"

"'무언가'가 맞을 거예요. '누군가'가 아니라."

'무언가'에 유독 힘을 주며 말하는 차미조에게 나는 다시 물었다.

“왜 그렇게 생각하시죠?”

“현장에서 삿된 기운을 느꼈거든요. 저는 평범한 편집자이기는 하지만…… 그런 쪽, 그러니까 영적인 쪽으로 예민하게 타고났어요. 외할머니가 무당이기도 하시고.”

“아! 그렇군요.”

그제야 의문이 풀렸다. 내 감이 완전히 엇나간 건 아니었다. 차미조에게서는 감추려야 감추기 힘든, 서늘하고 날 선 기운이 흘러나왔다. 지금껏 내가 만난 무속인은 다들 그랬다. 그러니까, 진짜배기 무당들 말이다. 말로 현혹해서 사람 등쳐먹는 가짜 말고 그야말로 ‘무(巫)’의 영역에서 살아가는 이들은 성별이나 나이, 혹은 성격에 상관없이 비슷한 기운을 풍겼다. 그것이 그들의 숙명이기도 했다.

“작가님께서는 잘 아시리라 생각해요. 삿된 기운이 어떤 건지. 인간이 아닌 무언가가 다녀갔다는 증거죠.”

차미조가 말한 삿된 기운에 관해서는 나도 잘 알았다. 물론 나는 영적 능력이 전혀 없기에 그걸 느끼는 게 아니라 하나의 현상으로 이해할 뿐이었다. '삿되다'라는 건 일반적으로 바르지 못하고 나쁜 행동을 뜻한다. 하지만 무속 신앙에서 말하는 '삿된 기운'은 그 의미가 조금 다르다. 인간 외의 어떤 존재, 개중에서도 악한 의도를 품은 무언가가 남긴 흔적을 뜻하는 관용적인 표현이 바로 '삿된 기운'이다.

언젠가 한번 이런 적이 있었다. 해안가 절벽에 있는 이른바 '자살 바위'로 불리는 곳에 취재를 하러 갔다. 유독 그 바위 근처에서 절벽 아래로 떨어지는 사고가 자주 발생했는데, 동행했던 무당이 자살 바위를 보자마자 대뜸 이렇게 말했다.

"어허. 이것 좀 보세요. 여기 삿된 기운이 가득합니다, 가득해요!"

무당이 말하길, 오래된 바위 자체에 요사스러운 기운이 깃들어 사고가 생기는 것이라 했다. 나는 그 기운을 감지하지는 못했지만, 바위가 풍기는 으스스한 분위기만은 충분히 느낄 수 있었다.

"그러면, 그 '무언가'가 교수님을 해쳤다고 생각하십

니까?"

나는 신중하게 단어를 골라가며 물었다. 내가 아는 한, 아무리 악한 영가(靈駕)라 해도 인간에게 직접 물리력을 행사할 수는 없었다. 그랬기에 뭔가가 차문수 교수의 정신을 흐리게 해서 온몸을 할퀼 정도로 조종했다고 해도 결정적인 사인, 즉 심정지 상태로 만드는 건 사실상 불가능했다.

"모르겠어요. 정말로, 모르겠어요. 그래서 작가님께 도움을 요청한 거예요."

차미조는 그렇게 말했지만, 나는 영 자신이 없었다. 그 점을 솔직하게 이야기했다.

"저는 오컬트나 괴이 현상에 관해서 약간의 지식이 있을 뿐입니다. 살인 사건을 해결할 능력은 없습니다."

차라리 무당인 외할머니가 더 도움이 될 거라고 말하고 싶었지만, 입 밖으로 꺼내지는 않았다. 차미조도 여러 가능성을 두고 고민했을 테고 그 결과 내게 연락을 한 거겠지 싶었다. 그렇다면 그 이유를 듣고 싶었다. 하필이면 왜 나였는지.

"실은, 아버지가 작가님 이야기를 자주 했어요. 대부분은 아버지 이야기에 귀를 잘 기울이지 않았거든요. 귀신이니, 토속 신앙이니 하는 것들을 진지하게 받아들이는 사람이 몇 없잖아요. 그런데 작가님은 다르다며 가끔 이야기 나누면 그렇게 신난다고 하셨어요. 그래서 생각했죠. 작가님이라면 아버지 일에 발 벗고 나서서 도와주시지 않을까 하고요. 그리고…… 제 이야기 역시 믿어주시지 않을까 싶었어요."

차분히 설명하는 차미조의 말을 듣고서야 그가 내게 연락한 이유를 알 것 같았다. 다만 내가 실질적인 도움을 줄 수 있을지는 여전히 의문이었다.

"제가 도움이 된다면 좋겠지만, 뭘 어떻게 해야 할지 저 역시 알 수가 없긴 합니다."

내 말에 차미조는 바로 대답했다.

"조사는 제가 할게요. 작가님께서는 적절한 조언만 해주셔도 충분해요. 전 신기가 있긴 하지만 오컬트니, 무속 신앙이니 하는 것들과 관련해서는 지식이 전혀 없거든요. 일부러 피해왔어요. 외가 쪽에서 내려오는 무당의 운명을 짊어지기 싫어서.”

“그 마음 이해합니다. 그런 건 쉽지 않은 결정이니까요. 알겠습니다. 우선, 제가 할 수 있는 한 도움은 드리겠습니다. 하지만 큰 기대는 안 하시는 게…….”

“‘흉담’이라고 아세요?”

“네?”

차미조의 갑작스러운 질문에 나는 당황했다. 사실은 내게 이걸 묻기 위해 지금까지 이야기를 한 게 아닌가 할 정도로 차미조는 눈을 빛내며 도발적인 표정을 지었다. 나는 솔직하게 말할 수밖에 없었다.

“‘흉담’이 뭐죠? 처음 듣는 단어네요.”

“흉담은…… 아! 이럴 게 아니라 한번 가보시겠어요? 아버지 집에.”

역시, 예상치 못한 전개였다.

나는 차미조의 차를 타고 차문수 교수의 집으로 향했다. 차미조는 몰고 다니는 차부터 예사롭지 않았다. 무려 온통 까맣게 색을 입힌 지프였다. 차에 대해서는 잘 모르는 나도 지프가 비싸고 연비가 좋지 않다는 것쯤은 알고 있었다. 또한 출판사 편집자 급여가 어느 수준인지도 잘 알았다. 내 생각을 눈치챘는지 차미조는 자기 입으로 먼저 말했다.

"저 카푸어 맞아요. 이 차를 정말 가지고 싶은 거예요. 꿈에 나올 정도로. 할 수 없이 투룸에서 반지하 원룸으로 옮기고 이걸 샀죠. 그게 2년 전 일인데 후회는 안 해요."

카푸어, 아니 지프 운전자답게 차미조의 운전 솜씨는 시원시원했다. 다른 의미로는 아주 터프했고. 홍대에서 은평구까지 넘어가는 그 짧은 시간 동안 나는 여러 번 조수석 손잡이를 꽉 잡았다. 안전띠를 몇 번이나 확인한 것도 사실이고.

어쨌든 우리는 무사히 차문수 교수의 집에 도착했다. 나는 차에서 내리기 전 내내 궁금했던 걸 물었다.

"그런데 어떤 분야 도서를 주로 편집하세요?"

"인문서요. 문학, 특히 소설, 그중에서도 장르소설은 제 취향이 아니거든요."

차미조는 역시 시원시원하게 대답했다.

"아……."

나는 그렇게만 반응했다. 영적인 능력을 타고난 차미조라면 장르소설을 좋아할 것 같았는데 이번에는 내 예상이 보기 좋게 빗나가고 말았다. 차미조는 아파트 입구로 들어서며 덧붙였다.

"그래서 작가님 소설도 읽어본 적이 없어요. 공포는 딱 질색이거든요."

"아! 그렇군요."

이번에도, 딱히 다른 반응은 할 수 없었다.

우리는 엘리베이터를 타고 11층으로 올라갔다. 차문수 교수 집 현관문에는 노란색 폴리스 라인이 붙어 있었지만 차미조는 그걸 그냥 뜯어버렸다. 그러고는 비밀번호를 눌러 문을 열었다.

"들어오세요. 신발은 안 벗는 게 좋을 거예요."

경찰이 이미 휩쓸고 간 뒤라 그런지 집 안은 난장판이었다. 소파는 물론이고 바닥 여기저기에도 물건이며 옷가지 같은 게 널브러져 있었다.

"경찰이 다 헤집어놓았군요."

나는 집 안을 둘러보며 한마디했다.

"아뇨. 아버지가 원래 이렇게 살았어요."

"아……."

벌써 세 번째, 나는 대꾸할 말을 찾지 못했다. 차미조는 개의치 않는 것 같았다. 기본적으로 다른 사람 말에 그렇게 신경 쓰지 않는 스타일처럼 보이기도 했다.

"저기예요. 아버지가 쓰러져 있던 곳."

차미조는 안방 입구를 가리켰다. 경찰이 거기에 흰색 스프레이를 뿌려 차문수 교수의 흔적을 새겨놓았다. 사진에서 본 모습 그대로였다. 게다가 채 지우지 못한 핏자국이 가득했다. 그걸 보는 것만으로도 오싹했다. 그러고 보니 에어컨을 켜기는커녕 꽤 오래 환기조차 못 했을 텐데도 집 안에는 서늘한 기운이 맴돌았다. 차미조가 말했던 게 이거구나 싶었다. 나는 조심스레 안방으로 다가갔다. 그러고는 무릎을 구부려 잠시 눈을 감았다. 차문수 교수가 여기 있는 건 아니지만 그래도 나름의 조의를 표하고 싶었다.

그때였다. 등 뒤로 무언가가 다가왔다. '누군가'가 아
니라 확실히 '무언가'였다. 차미조는 거실에서 통화 중
이었다. 그 소리가 들리는 가운데 쩌억, 쩌억 하는 또
다른 소리가 순식간에 가까워졌다. 맨발이 장판을 밟
는 소리라는 걸 알아챘고, 피해야 한다는 사실 역시
깨달았지만 나는 조금도 움직일 수 없었다. 한쪽 무릎
을 꿇고 고개를 숙인 자세 그대로 꼼짝없이 굳어버린
채 마른침만 삼켜야 했다. 그사이 맨발의 존재는 내
등 뒤로 바투 섰다. 그것은 아득히 높은 곳에서 나를
내려다보는 것 같았다. 아니다. 바로 뒤다. 형형한 눈빛
으로 내 뒤통수를 노려보는 게 틀림없다. 그런 생각이
쉴 새 없이 교차하는 동안 심장은 터질 듯 뛰었고 온
몸의 피가 차갑게 식어갔다. 그러면서도 관자놀이를
타고 진득진득하고 뜨거운 땀이 흘러내렸다. 숨이 가
빠와 입을 크게 벌렸지만 소용없는 일이었다. 일순간
내 주위의 모든 산소가 사라진 듯했다. 그림자가, 짙고
거대한 그림자가 나를 뒤덮었다. 그러고는 손을 뻗어
와⋯⋯.

“작가님!”

차미조가 나를 부르는 것과 동시에 보이지 않는 결박에서 풀려났다.

“컥!”

나는 목구멍을 막고 있던 숨을 토해내며 그 자리에 주저앉았다. 재빨리 뒤를 돌아봤다. 커다란 책상 말고는 아무것도 없었다. 언젠가 한번 꿈에도 그리던 원목 책상을 장만했다며 차문수 교수가 내게 자랑했던 바로 그 책상이었다. 나뭇결이 그대로 살아 있는 멋들어진 책상이었다. 나는 그 책상과 위에 놓인 수십 권의 책, 그리고 노트북을 멍하니 바라봤다. 여전히 심장은 불규칙하게 뛰었지만 나를 옥죄던 그 감각은 서서히 사라지고 있었다.

“괜찮으세요?”

차미조가 다가와서 물었다. 그는 쌍꺼풀 없는 눈을 동그랗게 뜨고서는 나를 내려다보고 있었다. 분명 뭔가를 아는 눈치였다.

“방금…… 뭔가가 저를 덮치려 했습니다. 아니, 그런

기운을 느꼈습니다.”

나는 엉거주춤 일어나며 말했다. 잠깐 사이에 땀을 얼마나 흘렸는지 등허리가 축축하게 젖어 셔츠가 달라붙을 정도였다.

“저도 이상한 기운을 느껴서 전화 끊고 바로 와본 거예요. 아마 아버지를 해친 무언가의 사념(邪念)이 여태 남아 있던 게 아닌가 싶어요.”

“사념이라고 하기에는 너무나 강했는데…….”

조금 전의 그 오싹한 경험은 지금껏 숱하게 마주했던 괴이 중에서도 무척 강력한 축에 속했다. 나는 여러 번 설명할 수 없는 현상을 겪었고, 나름대로 면역력이 있다고 생각했는데 이번에는 진심으로 견디기 힘들었다. 게다가 이것이 실체가 아니라 사념일 뿐이라니 더 섬뜩했다. 그것도 일주일이나 지난.

한편으로는 차미조가 나를 굳이 차문수 교수의 집까지 데려온 이유가 이것 때문이 아닌가 하는, 합리적인 의심을 품게 되었다. 백 번 설명하느니 한 번 체험하게 하려는 의도였다면…… 그건 무척 성공적이었다.

"제가 느꼈던 삿된 기운이 뭔지 아시겠죠?"

"네. 잘 알겠네요."

나는 고개를 끄덕일 수밖에 없었다. 헤벌린 입에서 흘러내린 침을 닦으며.

"이미 눈치채셨겠지만, 아버지는 절대 평범하게 돌아가시지 않았어요. 원한에 의한 살인 같은 건 더더욱 아니고요."

차미조가 말했고, 나는 이번에도 동의했다.

"저도 그렇게 생각합니다."

물론, 그럼에도 의문점은 남아 있었다. 얄팍하지만 그래도 제법 폭은 넓은 내 상식의 틀 안에서는 차문수 교수와 비슷한 사례조차 찾을 수가 없었다. 아무리 사악한 귀신이나 악랄한 저주라 해도 사람을 이런 식으로 죽이는 건 불가능했다. 단순히 위해를 가하는 것과 물리력을 행사해 죽음에 이르게 만드는 건 엄청난 차이가 있다. 만약 이런 사건이 비일비재하게 일어난다면 그건 그것대로 심각한 일이 아닐 수 없었다. 또한 도대체 무슨 이유로 차문수 교수가 이런 화에 휘말렸는지 이유를 알 수 없어 답답했다.

"아버지는 원한을 살 분이 아니에요. 더군다나 이토록 강한 원한과는 거리가 멀죠."

내 마음을 읽은 듯 차미조가 말했다. 나는 새삼 안방을 둘러보며 물었다.

"최근에 교수님께서 누굴 만났다거나 아니면 눈에 띄게 불안해하셨다거나 그런 적은 없었습니까?"

"말씀드린 것처럼 재미있는 이야기를 들려주겠다고 하신 게 다였어요. 아버지의 재미있는 이야기 기준이 좀 다르긴 하지만요."

"그건 그렇죠."

차문수 교수는 민담, 그중에서도 굳이 따지자면 전래 괴담을 수집해왔다. 대대로 이어져 내려오는 괴담 속에는 당시의 시대상이 고스란히 담겨 있다는 게 차문수 교수의 생각이었다. 그는 직접 채집한 이야기를 한 권의 책으로 묶는 작업에 매진하고 있었다. 그랬기에 재미있는, 그러니까 괴이하고 오싹한 이야기가 떠도는 곳이라면 어디든 찾아갔다. 차미조의 말로 미루어

보자면 이번에도 새로운 이야기를 듣고 온 게 틀림없었다. 딸에게 그 이야기를 들려줄 생각에 신나서 미소 지었을 차문수 교수의 모습이 눈에 선했다.

그랬는데…… 밤사이 끔찍한 무언가로부터 공격당한 것이다.

도대체 무슨 일이 있었던 걸까?

"아! 이제 말씀드리는데 교수님께서 제게도 전화를 하셨어요. 돌아가시기 전이었던 것 같은데, 전 자느라 받질 못했고요."

내 말에 차미조의 눈이 동그랗게 커졌다.

"무슨 이유로 작가님께 연락한 걸까요?"

"글쎄요. 짐작하기가 힘드네요."

"단서가 될 만한 게 하나 있긴 해요."

고민에 빠진 내게 차미조가 말했다. 나는 퍼뜩 현실로 돌아왔다.

"단서가 있습니까?"

"네. 바로 이거예요. 와서 보세요."

나는 차미조를 따라 차문수 교수의 책상으로 향했

다. 조금 전 상황이 떠올라 꺼림칙했지만 책상이 문제일 것 같지는 않았다. 차미조는 책상 앞으로 돌아가 노트북을 켰다.

"노트북에 뭔가를 남기셨나요?"

내가 묻자 차미조는 고개를 끄덕한 후 손가락으로 화면을 가리켰다.

"이거예요."

나는 차미조 옆에 서서 노트북 화면을 들여다봤다. 거기엔 문서 프로그램이 떠 있었다. 나도 익히 잘 알고, 즐겨 쓰는 한글 프로그램이었다. 흰색 바탕화면에는 단 한 줄의 문장만 적혀 있었다. 바탕체가 틀림없는 글꼴에 12포인트는 될 법한 크기의 글자로.

흉담을 들었다.

나는 그 문장을 소리 내어 읽어봤다.

"흉담을…… 들었다?"

"아버지는 그날 있었던 일을 간단하게나마 항상 기

록으로 남기셨어요. 일종의 일기죠. 하지만 이렇게 짧게만 쓰진 않으시거든요.”

차미조가 말했다.

“아까 말씀하신 흉담이라는 게 이겁니까?”

나는 화면에서 눈을 떼지 않은 채 차미조를 향해 물었다. 처음 듣는 단어였지만, 발음하는 것만으로도 왠지 기분이 나빴다. 단어 자체가 꺼끌꺼끌한 기운을 품고 있는 듯했다.

“네. 처음 이걸 보고 일주일 내내 흉담이 뭔지 찾아봤지만 실패했어요. 아무리 검색해도 인터넷에는 나오는 게 없어요.”

“경찰은 뭐라고 합니까?”

“아예 신경도 안 썼어요. 그러니 이 노트북도 그냥 두고 갔죠. 부검 결과가 나와야 확실히 알 수 있다는 말만 되풀이해요.”

그럴 것이다. 흉담이라는 알 수 없는 단어를 가지고 씨름하는 동안에 차문수 교수의 통화 기록 같은 걸 분석하는 게 훨씬 더 효율적인 수사일 테니.

“흉담이 뭔지는 저도 한번 조사해보겠습니다. 그런데 그 전에 한 가지만 확실하게 짚고 넘어갔으면 하는데 괜찮을까요?”

나는 차미조를 보며 물었다.

“뭐든 말씀하세요.”

“네. 아시다시피 저는 일개 소설가일 뿐입니다. 차미조 씨처럼 영감이 뛰어난 것도 아니고, 추리력이 대단한 것도 아닙니다. 남보다 왕성한 호기심과 무서움을 덜 느낀다는 것 말고는 사실 장점도 별로 없습니다. 그러니 제가 도움을 못 드릴 수도 있다는 걸 알아주셨으면 합니다.”

차미조 이전에도 내게 괴이 현상의 해석을 부탁한 이는 많았다. 단지 관련 지식이 많을 것 같다는 이유 때문이었고, 실제로 그 말이 완전히 틀린 건 아니었다. 어쨌든 20년 가까이 한 우물을 파다 보면 옹달샘 정도는 찾아낼 수 있는 법이니까. 다만 내가 그 현상이나 사건을 해결할 수 있는 건 아니었다. 내게는 악귀를 퇴치하거나 액운을 막을 힘 또는 비방이 없었다. 그런 건 전문가를 찾아가야 하는 일이었다. 약은 약사에게로, 뭐 그런 말처럼. 차미조에게 단호하게 말한 건 그런 오해를 피하고 싶기 때문이었다. 소설 속에서라면 뭐든 가능했지만…… 현실의 나는 중년의 배 나온 작가일 뿐이니까.

"무리한 부탁은 안 드릴게요. 제가 원하는 건 딱 하나, 아버지 죽음의 비밀을 푸는 것뿐이에요. 혹시 돈이 필요하시다면 드릴 수 있어요. 많은 금액은……."

"아닙니다, 아녜요. 돈은 필요 없습니다. 교수님을 위해서 뭔가를 할 수 있다면 그것만으로 족합니다."

나는 손사래를 치며 차미조의 말을 막았다. 사실 그때쯤 나는 이 사건에 뛰어들어야겠다고 거의 마음을 먹은 상태였다. 이유는 두 가지였다. 하나는 차문수 교수에 대한 순수한 의리였고, 나머지 하나는 차기작을 위한 저열한 욕심이었다. 이 사건을 파헤치다 보면 왠지 꽉 막힌 차기작을 풀어내는 데 영감을 받을 것 같았다. 그러니 교수님을 위해 뭔가를 할 수 있다면 그것만으로 만족한다는 내 말은 반은 맞고, 반은 틀린 소리였다. 나는 벌써 머릿속으로 이미지를 그리고 있었으므로.

기괴한 형태로 죽은 사람, 아무도 출입할 수 없는 밀실, 그리고…….

그때는 몰랐다. 내 어쭙잖은 공명심과 삐뚤어진 취재 욕심이 어떤 화를 불러올지, 그 순간에는 정말로 예상하지 못했다.

해치는 이야기

다음 날인 5월 8일 아침, 나와 차미조는 예의 그 카페에서 다시 만났다. 차미조는 어제와 복장이 비슷했다. 검은색 옷에 심플한 은색 팔찌 하나. 나도 딱히 다를 건 없었다. 면바지에 셔츠가 다였다.

"제가 너무 일찍 보자고 했죠? 회사는 괜찮아요?"

나는 레모네이드, 차미조는 아이스아메리카노를 앞에 두고 이야기를 시작했다.

"일주일 휴가 냈어요. 당연히 이런 일을 한다는 이야기는 못 하고 출판사엔 충격받아서 병가 내는 걸로 했어요."

차미조는 아이스아메리카노를 벌컥벌컥 마신 뒤 말했다. 얼음 씹는 경쾌한 소리가 뒤를 이었다. 나는 다시 물었다.

"혹시 다른 가족은 뭐라고 하세요? 이번 사건에 대해 구체적으로 아십니까?"

"가족이라 해봐야 엄마가 있는데, 엄마는 아버지가 그냥 급사하신 줄로만 알아요. 뭐, 이혼한 지도 오래됐고 이미 재혼도 하셔서 자세히 설명은 안 드렸어요. 분명 꽤 충격받으실 거라서. 엄마는 외할머니나 저와 달리 심약하거든요. 유일하게 한 강단 있는 결정이 아버지와의 이혼이었다면 말 다 했죠, 뭐. 근데 그 이야긴 하셨어요. 돌아가시던 날 밤에 부재중 전화가 와 있더래요. 아버지한테서. 생전 전화 한 통 없던 양반이 왜 하필 그럴 때 연락했는지 찜찜하다고 엄마는 그렇게만 말했어요."

"그러면 외할머니께서는……."

"알고 계세요. 흉담이 뭔지 외할머니께 제일 먼저 여쭤봤거든요. 그리고 작가님께 도움을 구했다는 것도 말씀드렸어요. 외할머니, 작가님 팬이에요.”

“네? 외할머니께서 제 작품을 읽으신다고요?”

차미조는 놀랄 만한 소식을, 아무렇지 않은 표정으로 전하는 게 취미인 듯했다.

“외할머니는 저랑 달라서 그런 소설 좋아해요. 귀신 나오고 무당 나오고. 맨날 보는 게 귀신인데 소설로 읽으면 또 재밌다나? 암튼 그래요.”

암튼 그렇다니, 나로선 기분 좋은 일이었다.

“감사한 일이네요. 그러면 이제 사건 이야기를 해볼까요? 흉담이라는 단어는 저 역시 어디서도 명확한 뜻을 찾을 수 없었습니다. 다만 한자를 대입해보면 어느 정도 뜻풀이는 가능하죠. 아마 흉할 ‘흉(凶)’에 이야기할 ‘담(談)’을 써서 흉담(凶談)이라 하지 않을까 싶거든요. 그러니 제 가설이 맞는다면 흉담은 말 그대로 ‘흉한 이야기’가 되겠죠.”

“혹은 ‘해치는 이야기’가 될 수도 있겠네요. ‘흉’에는 ‘해치다’라는 뜻도 있으니까요.”

차미조가 말했다.

"맞습니다. 저도 동의해요. 해치는 이야기라고 풀이 한다면, 그게 더 말이 되겠네요."

흉담이라는 단어는 등장하지 않지만, 《조선왕조실록》에는 '흉언(凶言)'에 관해 언급한 사례가 제법 된다. 여기서 말하는 흉언은 대부분 임금을 비방하는 말이었고, 그건 곧 대역죄에 해당해 엄벌에 처했다. 실록에서조차 흉언의 정확한 내용은 적지 않고 단지 '4자 흉언'이나 '16자 흉언' 등 그 글자 수만 기록해두었다. 그 '흉한 말'을 그대로 옮겨 적는 것조차도 불경한 일이라 여겼던 것이다. 나는 이것과 관련해 설명을 덧붙였다.

"이런 흉언 중 가장 유명한 게 바로 《정감록》에 실린 '6자 흉언'입니다. 정확한 뜻은 전해지지 않지만, 유추해봤을 때 이씨가 망하고 정씨가 새로운 왕조를 이룬다는 내용이었을 겁니다. 이걸 바탕으로 역모가 일어나기도 했으니 역대 왕이 흉언에 그토록 신경 쓴 것도 이해할 만하죠."

"말의 힘이라는 게 대단하다는 건 알겠는데…… 정말로 사람을 해치는 것도 가능할까요?"

차미조의 의문은 곧 내 의문이기도 했다. 흉담과 차문수 교수의 죽음 사이를 연결하려면, 많은 비약과 추측이 필연적으로 뒤따라왔다.

해치는 이야기, 흉담을 들었기에 차문수 교수가 죽었다?

여기서 차문수 교수의 죽음은 바꿀 수 없는 결론이다. 그렇다면 원인이 흉담이라는 건데, 이건 언뜻 보기에도 인과관계가 맞지 않는다. 단지 어떤 이야기를 듣는 것만으로도 사람이, 그것도 기괴하고 끔찍한 모습으로 죽는다니…… 소설에 썼다가는 당장 개연성 없는 일이라며 독자의 지적을 받을 터.

그럼에도 '흉담을 들었다'라는 한 줄의 문장과 온몸이 피투성이가 되어 죽은 차문수 교수 사이에는 희미하게나마 연결선이 존재하는 것도 같았다. 어쨌든 차문수 교수가 생전에 남긴 흔적이라고는 '흉담'뿐이니 거기서 시작하는 게 타당한 방법이기는 했다.

"이렇게 가정해보면 어떨까요? 흉담 자체가 일종의 저주라면?"

내 물음에 차미조는 고개를 갸우뚱했다.

"그 정도 저주가 가능할까요? 외할머니한테 듣기로는 큰 저주일수록 큰 대가가 따른다고 하던데."

"그것도 맞는 말이기는 합니다. 누군가의 목숨을 뺏을 정도의 저주라면, 그 저주를 건 사람도 상응하는 뭔가를 내주어야 하거든요."

"사실 전 믿지는 않거든요. 그러니까 저주 말이에요. 외할머니가 들으면 화를 내시겠지만, 저는 굳이 분류하자면 회의론자예요. 무속 신앙이니 미스터리니 하는 쪽으로 말이에요."

차미조는 그렇게 말하며 어깨를 으쓱했다. 자기 말에 모순이 있다는 걸 아는 것 같았다. 나는 물었다.

"분명 뭔가를 느낀다고 하셨잖습니까? 그런데도 그런 쪽으로는 믿지 않으시는 건가요?"

"이상하게 들리실 거예요. 저도 알아요. 제게 소위 말해 신기라는 게 있다는 거. 모계로 내려오는 게 엄마를 건너뛰고 저한테 왔어요. 어릴 때부터 그랬거든요. 보기 싫은 게 보이고, 듣기 싫은 게 들리고……. 외할머니는 틈날 때마다 본인 뒤를 이어야 한다고 얘기하셨는데, 어쩌면 그래서 더 반발심이 생겼는지 몰라요. 저 이래 봬도 독실한 가톨릭 신자거든요. 중학생 때부터 성당에 다녔고 세례명도 있어요. 그 덕분인지 신병을 앓거나 그러지는 않았지만 해가 갈수록 신기가 강해진다는 건 저도 느껴요. 그러니까 더 부정하고 싶어요. 과학적으로 해석하고 싶고, 심리학적으로 이해하고 싶고.”

나는 차미조가 인문서 편집자가 된 이유도 알 것만 같았다. 운명을 거스르기 위해 안간힘을 쓰며 살아왔을 그가 대단해 보였다. 그럼에도 아버지의 불가사의한 죽음을 파헤치기 위해서 나에게까지 도움을 요청했다. 그건 그만큼 절박하다는 뜻이었다.

“저주는 오랜 옛날부터 여러 문화권에서 존재해왔습니다. 과학적으로 설명할 순 없지만, 저주 자체가 효과를 발휘한 사례는 수없이 많아요. 그래서 말인데요, 이쪽 전문가를 한번 만나보면 어떨까요?”

내 말에 차미조는 놀란 표정으로 되물었다.

“이쪽이라면, 저주 전문가 말씀이세요?”

“네. 제가 아는 사람 중에서 정말 독특한 축에 드는 데…… 아무튼 저주와 관련해서는 이 친구가 우리나라에서 제일 박식할 겁니다.”

“좋아요. 궁금하네요. 도대체 어떤 분일지.”

순순히 동의하는 차미조를 보며 나는 조금 불안했다. 그가 주술사 ‘발람’을 직접 만나고서도 저 호기심 어린 표정을 그대로 유지할 수 있을지 걱정됐기 때문이었다.

과연, 내 걱정은 현실이 되었다. 차미조의 표정만 봐도 알 수 있었다. 그는 대체로 무표정했지만 이런 상황에서는 적극적으로 감정을 드러낼 줄 알았다. 차미조의 얼굴에 떠오른 표정을 몇 가지 단어로 정리하자면, 당황, 황당, 혼란, 그리고 혼돈 정도 될 것이다. 발람을 처음 만났을 때 나도 그랬으니까.

발람은 인터넷 커뮤니티, 그중에서도 공포 관련 카테고리 안에서는 독보적 존재였다. 특히 오컬트로는 그의 지식을 따라올 자가 없다고 해도 과언이 아니었다. '발람'은 원래 구약성서에 나오는 이스라엘의 주술사이자 무당의 이름이었다. 그리고 이런 닉네임에서 알 수 있듯이 그는 주술 쪽으로도 조예가 깊었고, 실제 동서양의 여러 술법과 주술을 꿰고 있다고 주장하기도 했다.

나 역시 처음에는 그가 몹시 궁금했다. 당시에 저주와 관련한 소설을 쓰고 있었기에 전문가의 조언이 필요한 때이기도 했다. 이런저런 이유로 발람에게 인터뷰를 제의했고, 마침 그도 내 소설을 좋아한다고 해 우리의 만남은 성사됐다. 그 역사적인 첫 만남 역시 지금의 이 장소, '메가톤PC방'에서 이루어졌다.

"그러니까, 저 사람이 저주 전문가라고요?"

발람이 방금 끓인 라면을 14번 자리에 가져다주러 간 사이 차미조가 내게 물었다.

"일단 뭐, 맞기는 합니다. 겉으로 보이는 게 다는 아니니까요."

내 말에 차미조는 허탈한 표정을 감추지 않았다.

"힘을 숨긴 알바, 뭐 이런 건가요?"

발람의 본명은 나도 모른다. 다만 그가 '알바' 내지는 '어이'로 불린다는 건 익히 알고 있었다. 가끔은 '야!'나 '아저씨'라고 부르는 사람도 있다고, 발람은 나와의 첫 만남에서 털어놓았다. 그게 1년 전 일이니, 발람은 꽤 성실한 아르바이트생임에는 분명했다. 같은 PC방에서 1년 넘게 일하는 게 어디 쉬운 일인가!

"죄송합니다. 오늘 좀 바쁘네요."

신속 정확하게 라면 배달을 끝내고 돌아온 발람은 비로소 카운터에 앉았다. 그러고는 덧붙였다.

"자, 그러면 본론으로 들어갈까요? 저주에 대해 알고 싶으시다고요?"

발람은 퉁퉁한 볼을 말아 올리며 유들유들하게 웃어 보였다. 그는 20대 후반으로 스포츠형 머리에 동그란 안경을 쓴, 어떻게 보면 전형적인 '오타쿠' 외모를 하고 있었다. 넉넉한 뱃살도 그런 이미지에 한몫했다. 하지만 발람은 내가 인정하는바, 오컬트 분야의 전문가가 틀림없었다. 대학 근처에도 가지 않은 그는 관련 지

식을 모두 독학으로 쌓았다. 인터넷과 도서관이 발람
의 지도 교수가 되어주었다. 솔직히 말하자면, 나도 처
음에는 발람을 보고 실망을 감출 수 없었다. 인터넷에
올라온 그의 전문적인 글들을 보고 적어도 그가 나이
지긋한 교수 내지는 초롱초롱한 눈을 지닌 연구원일
거라 상상했기 때문이다. 하지만 대화를 시작한 지 몇
분 안 되어 이 사람이 진짜라는 걸 인정하게 되었다.
발람은 내 소설 속의 오컬트적 오류를 지적하며 신랄
하게 비판했는데, 그 모습에서 나는 은은한 광기를 느
꼈다. 이 세상에 광기 어린 오타쿠보다 전문적인 사람
은 없다는 게 평소의 내 지론이었다.

"그래요. 연락드린 것처럼 저주와 관련해서 자문을
좀 구하고 싶어서 왔습니다. 시간은 괜찮으세요?"

나는 슬쩍 차미조의 눈치를 보며 물었다.

"그럼요. 뭐든 물어보세요."

발람은 두 팔을 활짝 펼쳐 보이며 대답했다. 그러자
차미조가 대번에 질문을 던졌다.

"흉담이라고 아세요?"

"흉담이라…… 들은 적은 없는 단어인데, 그래도 뜻을 풀이해보자면…… 사람을 해치는 이야기 정도 되겠네요. 그렇다면 두 분이 제게 묻고 싶은 건 이런 게 될 테고요. 과연 말로 사람을 해칠 수 있는가? 맞습니까?"

발람이 씩 웃으며 물었다. 순간, 차미조가 나를 쳐다봤다. 나는 정보를 준 게 아니라는 뜻으로 고개를 저었다.

"뭐, 일단 추측하신 대로긴 해요. 대단하시네요."

차미조는 곧바로 인정했다.

"그래서 어떻습니까? 그게 가능합니까?"

내 물음에 발람은 가볍게 고개를 끄덕했다.

"가능하죠. 그걸 말씀드리기 전에 저주에 관해서, 그러니까 그 원리가 무엇인지 설명하는 게 좋을 것 같네요. 여기 여성분은 말투로 보나 표정으로 보나 아무래도 저주를 믿지 않는 것 같으니."

"완전히 안 믿는 건 아니에요. 그냥…… 워낙 부풀려진 말이 많으니까."

차미조는 말을 살짝 얼버무렸다. 발람은 알겠다는

듯 고개를 크게 끄덕이더니 팔짱을 꼈다. 본격적으로 이야기를 해보겠다는 자세였다. 익히 알고 있던 나는 의자에 몸을 기댔다. 발람은 아는 게 많았고, 그만큼 말도 많았다.

"저주에는 세 가지 필수 요소가 있죠. 첫 번째는 저주할 만큼의 앙심, 두 번째는 저주의 대상, 세 번째는 저주의 대가입니다. 이론적으로는 이 세 개만 있으면 누구든 저주할 수 있어요. 딱히 정교한 비방 같은 것도 필요 없죠. 장담하는데, 싫어하는 사람 이름을 앙심을 꾹꾹 눌러 담아 매일 같은 시간에 열 번씩 딱 100일만 종이에 써도 효과가 있을 거예요. 상대가 병에 걸리거나 사고에 휘말리거나 하겠죠. 그러면 누군가는 이렇게 질문할 겁니다. 그게 어떻게 가능하냐? 압니다, 알아요. 지평 좌표계니 뭐니 해서 귀신도 물리학 안에 가두려 하는 세상이란 걸요. 그러니 저주에도 과학적 해석 같은 걸 바랄 수밖에요. 두 분 모두 확증 편향이란 용어는 들어보셨을 겁니다. 자기가 옳다고 믿는 정보만 계속 받아들이고 거기에 휘둘리는 걸 말하죠. 앞서 제가 말한 저주 있죠? 사람 이름 적는 거. 거기서 중간 단계쯤 꼭 해야 할 일이 있습니다. 그건 바로 상대방에게 저주받고 있을지도 모른다는 사실을 알리는 겁니다. 내가 널 저주하고 있다고 단도직입적으로 말할 수도 있고, 넌지시 누가 너 저주하는 거 아니냐고 의뭉스레 한마디를 던질 수도 있겠죠. 중요한 건 그 사람 머릿속에 저주라는 키워드를 넣는 거예요. 그렇게 되면 사소한 불행이나 웃어넘길 수 있는 실수 같은 것도 모두 저주 때문이 아닐까 하고 의심하는 게 인간의 심리입니다. 그건 곧 큰 스트레스가 되고 결국에는 스스로 화를 불러오게 되죠. 심리적으로 먼저 무너지는 겁니다. 그거 아세요? 이 나라에서 한자리씩 차지하고 있는 사람 대부분은 누군지 모를 자의 저주를 막기 위해 액막이 비방을 매주 새로 받는다는 거. 어쩌면 그것도 확증 편향의 한 사례일지도 모르죠."

발람은 긴 이야기를 끝내고 우리 둘을 번갈아 봤다. 다행히 그동안 아르바이트생을 호출하는 손님은 없었다.

"알겠습니다. 저주의 작동 원리는 이해했는데, 여전히 어떤 말을 들었다고 해서 죽음에 이른다는 건 받아들이기 힘들어요. 이 점에 대해선 어떻게 생각하십니까?"

내 질문에 발람은 씩 웃더니 되레 물었다.

"그 흉담이라는 거, 무슨 내용입니까? 들어보고 싶네요."

"농담하지 마세요. 저희 아버지가 실제로 돌아가셨으니까."

서늘한 표정으로 발람을 노려보며 차미조가 말했다. 느물느물 웃던 발람의 표정이 딱 굳었다. 그러고는 바로 고쳐 앉았다.

"아…… 죄, 죄송합니다. 저는 그런 뜻으로 한 말이……."

"알겠어요. 우선 흉담 이야기부터 더 하죠."

나는 차미조의 신경질적인 반응에 분위기가 역전됐다는 걸 깨달았다. 그리고 거기엔 다분히 연극적인 요소도 포함돼 있었다. 오래 본 건 아니지만, 내가 아는 바 차미조는 이런 식으로 감정을 드러내는 유형의 사람이 아니었다. 아무튼 발람이 저자세로 나오는 건 나도 바라는 바였다. 그래야 핵심에 빨리 접근할 테니까.

"흉담이라는 게 정확히 어떤 말인지 모르는 이상 두 가지로 추측할 수밖에 없어요. 하나는 흉담 자체가 하나의 스펠, 그러니까 주문이라는 거죠. 또 하나는…… 그것이 단순한 저주의 말이 아니라 실제로 존재하는 무언가라는 거죠. 흉담을 들은 사람에게 반드시 찾아오는 무언가……."

나는 발람이 말끝을 흐리는 게 신경 쓰여서 물었다.

"무언가라는 게 뭘 뜻하는 겁니까?"

"그건 저도 잘 모르겠어요. 귀신, 유령, 악령, 허깨비, 악귀…… 뭐라고 불러도 상관없죠."

"악귀라……."

악귀, 풀어서 말하자면 '악한 귀신'은 이미 널리 알려진 존재였다. 나도 그런 캐릭터가 등장하는 소설을 여러 편 썼고, 이미 드라마나 영화에서도 귀신은 곧 악귀라는 등식이 성립한 지 오래였다. 다만 창작물 속에서의 악귀와 실제 귀신 사이에는 여러 다른 점이 있다는 게 내 견해였다. 귀신이 사람을 공격하고, 죽이기까지 하는 건 역시 창작물에서나 나오는 전개였다. 물론 특유의 음기로 소름 돋게 만들거나 오싹하게 만들 순 있겠지만…… 직접 해친다고 한다면 나는 고개를 저을 수밖에 없었다.

"저도 압니다. 우리나라 귀신이 그렇게 독하지 않다는 거."

발람이 내 마음을 읽은 듯 그렇게 덧붙였다. 그러자 차미조도 말을 이었다.

"아버지도 그런 말씀을 하셨어요. 귀신도 결국은 민족성과 시대성을 타고난다고. 유교 문화권에서 배척당하다가 왜란 이후 슬슬 무서운 형태를 띠기 시작한 우리나라 귀신은 악독함과는 거리가 멀다고."

"그렇다는 건 악독해질 수 있는 환경만 만들어진다면 충분히 무시무시한 악귀가 나올 수도 있다는 건데, 아직 그런 사례는 모르겠네요."

30번 자리에서 호출 신호가 울린 건 내가 말을 막

끝냈을 때였다. 발람은 벌떡 일어났다. 우리의 회동도
끝난 듯했다.

"흉담 관련해선 저도 좀 더 알아보고 연락드릴게요."

발람은 30번 자리로 향하며 그렇게 말했다.

"고마워요. 잘 좀 부탁드립니다."

내 말에 발람은 씩 웃었다. 그러고는 무슨 그런 말을
하느냐는 듯한 표정으로 말했다.

"공짜 아닌 건 아시죠?"

PC방에서 나온 나와 차미조는 근처 카페에 들렀다.
우리는 각자 음료를 시켜 자리에 앉았다. 어느덧 오후
가 되어서 해도 길어졌다. 게으른 햇살이 카페 창문으
로 굼실굼실 기어 들어오고 있었다. 한동안 말없이 바
깥 경치를 보던 차미조가 입을 열었다.

"아까 그분, 특이한데 확실히 전문가이긴 하네요."

"좀 정신없었죠?"

내 물음에 차미조는 쓴웃음과 함께 고개를 끄덕였다.

"그래도 핵심은 이해했어요. 저주의 효과를 확증 편

향에 빗대어 얘기한 것도 신선했고."

"그런 사례가 꽤 있긴 하죠. 대표적인 게 '냉동고 사건'이죠. 작동하지 않는 냉동고에 갇힌 선원이 저체온증으로 죽었다는 이야긴데, 물론 과학적이지 않고 의학적이지도 않은 괴담일 뿐이지만 냉동고에 갇혔다는 사실만으로도 충격을 받아 심장마비나 쇼크로 사망할 수 있다는 주장도 존재합니다."

"그 이야긴 저도 알아요. 비슷한 경우가 엘리베이터에 갇혀서 과호흡으로 사망하거나 또는 질식사하는 거라는 말도 들었어요. 아시겠지만, 엘리베이터가 작동을 멈춘다 해도 산소가 떨어지는 건 아니잖아요."

맞는 말이었다. 인간의 뇌는 때때로, 아니 수시로 몸을 지배한다. 상상력이 괴물도 만들어내고 귀신도 만들어내고 죽음조차 만들어내는 것이다. 그렇다고는 해도…….

"차 교수님의 죽음을 단순히 확증 편향으로 결론 내릴 순 없을 것 같습니다."

나는 조심스럽게 말했다. 차문수 교수는 흉담이 저

주를 불러온다는 말을 들었으리라. 물론 그에게는 더 없이 재미있는 소리였겠지만, 저주라는 단어는 끈적끈적하게 달라붙어 죽음의 방아쇠가 되었을 수도 있다. 아무리 그래도 온몸을 할퀼 정도로 고통에 차서 죽는다는 건 가능한 일이 아니었다.

"저도 그렇게 생각해요. 아버지가 저주받았다고 생각한 것만으로 죽을 순 없겠죠. 그렇게 끔찍하게는. 게다가 아버지는 비슷한 이야기를 숱하게 들었고 모아두기도 했어요. 웬만한 이야기에는 겁을 내지도 않았을 거예요. 흥미도 없었을 테고. 그래서 흉담이 아버지가 전혀 들어본 적 없는 이야기가 아닐까 하고 생각한 거예요. 조금만 들어도 흥미를 자아내는 이야기."

"그래서 끝까지 듣고야 말게 되는 이야기 말이죠?"

내 물음에 차미조는 고개를 끄덕였다.

이야기, 그중에서도 어둡고 음습하며 괴이한 이야기에 끌린다는 점에서 나와 차문수 교수는 닮은 사람이었다. 그는 생전에 방송 녹화 전 대기실에서 내게 이런 말을 했다.

“가끔 그런 질문을 받아요. 아름답고 감동적인 이야기도 많은데 왜 무섭고 어두운 이야기를 좋아하느냐고. 작가님도 그렇죠?”

구부정한 어깨를 하고 코끝에 걸린 안경을 고쳐 쓰면서 차문수 교수는 나를 봤다. 나 역시 예외가 아니었으므로 조용히 고개를 끄덕였다. 그러자 차문수 교수는 말을 이었다.

“저도 물론 아름답고 밝은 이야기 좋아해요. 다만 그 반대의 이야기에 더 끌린다는 건 부정할 수 없는 사실입니다. 그런 이야기 속에는 어떤 메시지가 숨어 있어요. 그걸 캐내는 게, 그래서 이야기의 진실에 다가가는 게 재미있다, 이 말이죠. 앞으로도 변하지 않을 거예요. 들을 만한 가치가 있는 이야기라면 어디든 찾아가서 듣고, 거기서 어떤 의미와 숨겨진 의도를 파악할 겁니다.”

차문수 교수는 그렇게 했다. 하지만 이번에는 그 의도를 파악하기도 전에 화를 입었다. 그것이 정말 흉담의 저주에서 비롯된 것일까?

"물론 저도 흉담을 들었다는 것만으로 이런 일이 벌어졌으리라곤 생각하지 않아요. 귀신을 안 믿는 것과 같은 이유죠. 그런데 아버지의 죽음에는 분명히 불가해한 무언가가 작용했어요."

차미조의 말에 나도 동의했다.

"맞습니다. 그것의 정체가 무엇이든 이성적으로는 설명하기 힘든 요소가 개입했어요. 그리고 그 시작은…… 차미조 씨가 부정하려 해도 어쨌든 흉담이라는 거고. 이러면 어떨까요? 차 교수님의 이전 스케줄을 알아보는 거죠. 분명히 누군가에게 흉담을 들었을 테니까 그게 누군지만 알아낸다면 의문은 의외로 쉽게 풀릴 수도 있어요."

"아! 저도 그게 궁금했는데 이것저것 뒤져봤지만 알아내지 못했어요. 아버지가 늘 쓰던 노트에도 따로 약속이 적혀 있진 않더라고요. 핸드폰은 잠금을 못 풀었고."

차미조도 여러 방법을 동원했으리라. 그러다가 벽에 부딪혔고 결국 나에게까지 연락했을 테고. 그렇게 생각하니 어깨가 더 무거웠다. 나는 찬찬히 머리를 굴렸다. 발람으로부터 전화가 온 건 그때였다. 한참 고민하고 있던 순간. 나는 차미조에게 ‘발람’이라고 발신자가 뜬 핸드폰 화면을 보여준 뒤 전화를 받았다.

“여보세요?”

“작가님. 별일 없으시죠?”

발람은 다짜고짜 그렇게 물었다.

“네. 특별한 일은 없는데…… 왜 그러십니까?”

“아까 30번 자리에서 누가 호출했던 거 기억하시죠?”

“네. 우리 셋 모두 들었죠.”

“근데 그 자린 비어 있었어요.”

“네?”

“로그인 기록을 확인하니까 30번 자리는 어제부터 지금까지 내내 비어 있었다고요. 그런데 호출했다는 표시는 뜨더라고요. 그래서 요청 사항이 뭐였는지 봤죠. 무슨 뜻인지는 모르겠지만, 이렇게 적혀 있더라고요. 제가 사진 찍은 걸 메시지로 보내드릴게요. 조심하

세요. 흉담이라는 그거, 그냥 관련해서 대화하는 것만
으로 앙화를 불러올지 모르니까."

전화는 끊어졌다. 곧 메시지가 날아왔다. 모니터를
찍은 사진 한 장이었다. 모니터 가운데 직사각형 창이
떠 있고, 그 안에 요청 사항이 적혀 있었다. 나는 그걸
한참 들여다봤다. 차미조가 물었다.

"왜 그러세요?"

"이것 좀 보세요."

발람과의 통화 내용을 들려준 뒤에 차미조를 향해
핸드폰을 들어 보였다. 차미조의 눈이 대번에 커졌다.

"이건……."

"네. 우리가 나눴던 대화 내용이죠. 그것도 방금."

그랬다. 요청 사항에는 이렇게 입력돼 있었다.

냉동고 안이 추워요.

"이걸 어떻게 설명해야 할까요?"

차미조의 얼굴에 당황한 표정이 떠올랐다. 아마 나도

비슷한 표정을 하고 있을 거라고 생각하며 대답했다.

"설명할 수 없죠. 상식적으로는."

찜찜하고 얼떨떨한 상태로 카페에서 나왔다. 낮이라 초봄의 온기가 느껴질 법도 했지만 몸을 감싸는 공기는 싸늘하기 그지없었다. 차미조는 말이 없었다. 딱히 할 말을 찾기 힘든 건 나도 마찬가지였다. 흉담이 차 교수의 죽음에 직간접적으로 관련 있다는 건 알아냈지만 그뿐이었다. 우리는 흉담의 내용이 뭔지도 모르는 상태였다.

"오늘은 이만 돌아갈까요?"

차미조가 물었다. 내게는 그 말이 이제는 조사를 끝내겠다는 뜻으로 들렸다. 차미조의 얼굴에 지친 표정이 설핏 지나갔다.

"그러시죠. 저는 홍대 작업실에 가서 문헌 조사를 좀 더……."

"잠깐! 잠깐만요."

갑자기 내 말을 자른 차미조는 뭔가를 골똘히 생각

하더니 이내 눈을 반짝이며 덧붙였다.

"아버지 대학교 연구실 있잖아요. 아버지가 조만간 거기 있는 짐을 가지러 간다고 그랬거든요. 아버지 소식을 전했을 때 조교가 그랬어요. 책은 학교 도서관에 비치할 거고 책상 쪽 물건만 가져가시면 된다고. 그래서 제가 물었죠. 어떤 물건이 있느냐고. 그랬더니 노트 몇 권과 필기구, 그리고 탁상 달력이 있다고 했어요!"

"탁상 달력이라면……."

"맞아요. 거기에 일정을 적어놓으셨을지도 몰라요."

무슨 말인지 알 것 같았다. 예전에는 나도 그랬다. 연말이면 출판사로부터 받는 탁상 달력 중 하나를 골라 거기에 스케줄을 정리했다. 집과 작업실을 오가게 되면서부터는 그게 오히려 번거로운 일이 되어서 더는 쓰지 않았지만 차문수 교수는 다를 수도 있었다.

"그러면 연구실로 전화해보시죠. 우리가 알고 싶은 건 흥담을 들은 것으로 짐작되는 일정이니까 그게 혹시 달력에 적혀 있는지 알아봐달라고 하는 겁니다."

내 말이 끝나기도 전에 차미조는 이미 핸드폰을 들

고 통화 목록을 살피고 있었다.

"찾았어요!"

그렇게 말한 차미조는 핸드폰을 귀에 댔다. 차미조가 통화하는 동안 나도 잠시 핸드폰을 확인했다. 나는 메시지나 알림이 쌓인 걸 참지 못하는 일종의 강박이 있었다. 단톡방 메시지를 대충 확인하고 개인적으로 온 메시지에는 빠르게 답장하는 사이 차미조가 어깨를 두드렸다.

"아! 네. 잠깐만요."

그렇게 말하며 고개를 돌렸다. 없었다. 차미조는 멀찌감치 떨어져서 통화 중이었다. 왼쪽 어깨, 차미조가 두드렸다고 생각한 그 어깨가 뻐근하게 아팠다. 근육주사를 맞은 느낌이었다. 그것도 불시에.

"확인했어요."

내가 멍하니 어깨를 만지고 있을 때 차미조가 돌아서며 말했다.

"네. 뭐라고 하던가요?"

일단 차미조에게 물었다. 왼쪽 어깨의 통증은 그리

크지 않았다. 그럼에도 신경이 쓰였다. 무엇보다 기분이 나빴다.

"아버지가 달력에 적어놓으셨어요! 4월 29일 18시 신주스시. 이후 스케줄은 없었대요. 돌아가시기 전날 마지막 약속이 이거였어요."

"신주스시라면 저도 알아요. 일전에 차 교수님과 방송할 때 한 번 같이 간 적이 있어요."

그곳은 여의도에 있는 일식 오마카세 식당이었다. 전담 요리사가 한 테이블씩 접대하는 곳으로 맛도 좋고 서비스도 훌륭했다. 차문수 교수가 신주스시를 예약한 거라면 그만큼 중요한 손님이고, 중요한 약속이라는 뜻이었다.

"지금 거기로 가봐도 될까요?"

차미조가 조심스러운 어투로 물었다.

"물론이죠! 사정 설명하고 부탁하면 식당 내부 CCTV를 볼 수도 있을 거예요. 그러면……."

"아버지와 동행한 사람의 얼굴을 볼 수 있겠네요."

"그렇죠."

자연스레 우리의 다음 목적지가 정해졌다. 나는 차미조의 지프 조수석에 다시 올랐다. 지프는 묵직한 엔진음과 함께 출발했다. 차미조가 도로로 진입하며 말했다.

"30분 정도 걸리네요. 피곤하실 텐데 눈 좀 붙이고 계세요."

"네."

대답은 그렇게 했지만 차미조가 운전하는 차에 타고서 편히 쉰다는 건 안 될 말이었다. 차라리 나는 대화를 선택했다.

"일상에 어려움은 없습니까? 영감이 발달한 분 보면 보기 싫어도 보고, 듣기 싫어도 듣는 게 있다던데."

내 질문에 차미조는 망설이지 않고 대답했다.

"있죠. 그래서 전 최대한 못 본 척, 못 들은 척해요. 이러면서 영적인 걸 안 믿는다고 말하는 거, 모순이라는 사실도 알아요. 하지만 믿고 인정해버리면 그 세계에 빠져서 헤어 나올 수 없을 것 같거든요."

"음…… 그렇군요."

차미조는 나름 사력을 다해 싸우고 있었다. 반면 나는 그런 능력이라고는 하나도 없으면서 저쪽 세계를 엿보려는 욕망을 품고 있었고. 차미조도 비슷한 질문을 했다.

"작가님은 왜 귀신이니 오컬트니 그런 쪽에 관심을 보이시는 거예요? 그게 궁금했거든요. 사실, 공포라는 장르…… 우리나라에서는 비주류잖아요. 속된 말로 돈도 안 되는 일에 20년 가까이 매진한다는 게 저로선 이해가 안 돼요."

"처음 공포 장르에 관심을 가졌을 땐 단순히 호기심 때문이었고, 소설가가 되고부터는 일종의 사명감으로 썼어요. 그런데 지금은…… 글쎄요, 저도 뭐라고 이유를 똑 부러지게 설명할 수 없네요."

그 말은 사실이었다. 차미조의 차가운 지적처럼, 우리나라에서 공포 장르는 시장성이 없다. 벌써 오래전부터 알고 있었다. 그럼에도 포기하지 못하고 치근덕거릴 정도로 잡고 있는 이유…… 사실 나도 그게 알고 싶었다. 그 이유를 찾지 못해 헤매던 참에 차미조의 연락을 받았던 것이고.

그런 대화가 오가는 중에 어느새 신주스시 앞에 도착했다. 시간을 확인하니 딱 브레이크 타임이었다. 그래서 그런지 주차 자리도 많았다. 우리는 지프에서 내려 가게 앞으로 다가갔다. 마침 요리사 모자를 쓴 늙수그레한 남자가 문을 열고 나왔다. 내가 먼저 말을 걸었다.

"안녕하세요?"

"아! 저희 5시 반까지 브레이크 타임인데……. 게다가 예약제라서요."

남자가 우리를 슬쩍 보며 말했다.

"저희는 식사하러 온 게 아니라 여쭤볼 게 있어서 왔어요."

이번에는 차미조가 말했다.

"어디서 나오셨어요?"

남자는 대뜸 그렇게 물었다. 나는 재빨리 소개에 들어갔다.

"저는 소설가입니다. 그리고 이쪽은 편집자. 꼭 부탁

드리고 확인하고 싶은 게 있어서 찾아왔습니다.”

“뭔데 그러실까요?”

상당히 경계하는 듯했다. 차미조도 그걸 알아챘는지 훨씬 부드럽게 말하려고 애쓰는 눈치였다.

“4월 29일 저녁 6시에 저희 아버지가 여기서 식사하셨어요. 그때 동행이 있었는데 누군지 얼굴이라도 확인하고 싶어 찾아왔습니다.”

“4월 29일이요?”

남자의 목소리가 높아졌다. 경계하는 걸 넘어 적개심마저 느껴질 정도였다.

“압니다. 매장 내부 CCTV를 보여주시는 게 어려운 일이라는 거. 그런데 저희에게는 정말로 중요한 문제라서요.”

내 말에 남자는 고개를 절레절레 저었다. 그러고는 그야말로 깊은 한숨을 푹 내쉬었다.

“무슨 사정인지 말씀해주실 수 있습니까?”

차미조와 내가 눈빛을 교환했다. 결국 차미조가 말했다.

"아버지께서 돌아가셨어요. 여기서 식사한 게 마지막 일정이었고요."

"왠지 그럴 것 같았습니다."

남자는 의외의 말을 하고는 나지막하게 덧붙였다.

"4월 30일에 저희 부주방장도 죽었거든요. 그 친구가 아버님 테이블 담당이었을 겁니다."

남자는 신주스시의 수석 주방장이었다. 다른 직원은 휴게실에서 쉬고 있다며 그가 직접 계산대에 있는 CCTV 모니터로 우리를 안내했다. 주방장은 녹화된 4월 29일 영상을 불러오는 동안 이런저런 이야기를 더 해줬다.

"대우, 그러니까 부주방장을 처음 발견한 건 개 여자친구였어요. 무단결근에다가 연락도 안 돼서 마침 번호를 알고 있던 여자친구에게 부탁했죠. 대우 집에 가보라고. 그랬더니……."

"혹시 시체 상태가 어땠는지 알 수 있을까요?"

차미조의 질문에 주방장은 얼굴을 찡그렸다.

"저도 직접 본 건 아니라서 확실히 말씀드릴 순 없지만…… 여자친구는 이렇게 증언했다고 해요. 온몸에 손톱자국이 가득했다고."

"경찰에서는 뭐라고 했습니까?"

"아직 수사 중인 것 같던데 누가 강제로 침입한 흔적도 없고 하니 단서를 못 찾아서 꽤 곤란한 모양이라고 하더군요."

"정신없으실 텐데 이렇게 불쑥 찾아와서 죄송해요."

차미조가 말했다. 그때 주방장이 화면을 가리키며 엔터 키를 눌렀다.

"자, 여기! 5시 50분에 두 분이 입장했는데 아는 얼굴이 있습니까?"

둘 중 한 명은 분명히 차문수 교수였다. 특유의 서글서글한 인상이 화질이 그다지 좋지 않은 CCTV 녹화 영상에서도 그대로 드러났다. 나는 그 옆의 사람에게 주목했다. 모자를 쓰고 있어 얼굴은 보이지 않았다. 다만 구부정한 허리와 절뚝거리는 걸음걸이로 봤을 때 노인이 아닌가 짐작할 뿐이었다. 펑퍼짐한 베이지색 점퍼는 이상할 정도로 낯이 익었다.

"얼굴 나오는 부분은 없을까요?"

답답한 듯 차미조가 물었다. 주방장은 고개를 저었다.

"아쉽지만 테이블을 비추는 CCTV는 없습니다. 이게 최선이에요."

"그러면 이거라도 복사해주실 수 있을까요?"

내 말에 주방장은 선선히 알겠다고 했다. 그는 내가 내민 USB를 본체에 꽂고 능숙하게 조작했다. 그러면서 물었다.

"돌아가신 아버님도 괴이한 죽음이었습니까?"

"네. 설명하기 곤란할 정도였어요."

차미조가 대답했다.

"아! 그러고 보니 대우가 마감 때 했던 말이 떠오르네요. 개 표정이 너무 안 좋기에 무슨 일 있냐고 물었더니 이러더라고요. 기분 나쁜 이야기를 들었다고. 무서울 정도라고."

차미조와 나는 USB를 받아 들고 신주스시에서 나왔다. 주방장은 굳이 배웅하지는 않았다. 우리도 그편이 부담스럽지 않아서 좋았다.

나도, 그리고 차미조도 각각 지프의 조수석과 운전석에 탔다. 우리는 한동안 말없이 정면만 봤다. 각자 생각할 시간이 필요했다. 모자를 눌러쓴 노인, 그 사람이 차문수 교수에게 흉담을 들려준 이라는 건 거의 확실했다. 불행히도 같은 자리에 있었던 담당 요리사도 그 이야기를 들었고…… 차문수 교수처럼 죽음을 맞이했다. 그렇다면 한 가지 가설은 더욱 신빙성을 얻게 된다. 흉담을 들으면 반드시 죽는다. 단지 이야기를 듣는 것만으로도 죽음의 영향력에 놓이게 된다니, 이게 만약 사실이라면 그야말로 치명적인 저주인 셈이었다. 그렇다면 왜 이제 와서 이 시점에 그 저주받은 이야기가 툭 튀어나온 걸까? 노인의 정체는 무엇일까? 목적은 또 뭘까? 정답을 찾을 수 없는 여러 의문이 머릿속을 맴돌았다.

"그 노인, 어떤 사람일까요?"

홍대에 거의 가까워졌을 때 오랜 침묵을 깨고 차미조가 질문을 던졌다.

“그러게요. 지금으로선 정보가 거의 없네요.”

“만약에 말이에요, 작가님. 그 사람이 계속 흉담을 퍼뜨리고 다닌다면…… 그거야말로 위험한 일이잖아요? 그렇죠?”

나도 차미조와 같은 걸 걱정했다. 흉담이 존재하고, 그걸 들으면 반드시 죽고 만다는 공식이 성립한다고 생각했을 때 가장 우려스러운 건 노인의 다음 행동이었다. 그러니까 그는 살인자였다. 오로지 이야기를 했을 뿐이지만 명백히 ‘살의’를 품고 행한 일이었고, 실제로 둘이 죽었다.

“우선 노인의 정체를 알아내는 게 중요해 보여요.”

내 말에 차미조가 물었다.

“어떻게요?”

“신주스시에서 받은 영상을 되돌려 보려고요. 시간을 갖고 세밀하게 살펴보는 게 우선일 것 같아요.”

“저한테도 보내주시겠어요? 그 영상.”

“네. 그럴게요.”

“지금은 그 영상에 매달릴 수밖에 없겠네요.”

차미조가 그렇게 말을 할 즈음 홍대입구역 9번 출구에 도착했다. 나는 서둘러 말했다.

"여기서 내릴게요. 괜히 좁은 도로로 올라가면 차만 막혀요. 여기서 조금만 걸으면 되거든요."

"아! 알겠어요, 작가님."

차미조는 바로 차를 세웠다. 나는 조수석에서 내리며 말했다.

"작업실 가서 메일 보내드릴게요. 나중에 또 연락하죠."

고개를 끄덕여 보인 차미조는 망설임 없이 옆 차선으로 끼어들더니 묵직한 엔진 소리를 내며 멀어져갔다. 나는 사거리에서 홍익대학교 정문 방향으로 올라갔다. 언제나 그렇듯 평일인데도 홍대 거리에는 사람이 많았다. 외국인이 절반은 넘을 것 같았다. 상기된 표정으로 트렁크를 끌며 홍대 거리를 누비는 관광객을 보자 팽팽하게 당겨졌던 긴장의 끈이 조금은 느슨해졌다. 여러 사람 사이에 둘러싸여 있는 게 안온함을 선사해준다는 걸 처음 느낀 사람처럼 나는 일부러 더 천천히 걸었다. 등 뒤에서 시선을 느낀 건 마포평생학습관 쪽으로 막 방향을 틀었을 때였다. 나는 무심결에 고개를 돌렸다. 몇 미터 뒤에 동남아인 중년 여성이 서 있었다. 일행과 함께 막 식당에서 나온 듯 보이는 그는 나를, 아니 내 왼쪽 어깨 쪽을 뚫어지게 쳐다봤다. 평범한 인상이었지만 그 여성의 눈빛은 매우 날카롭고 어두웠다. 순간 꺼림칙한 기분에 뭔가 반응을 보이려 했지만 딱히 할 말이 없었다. 여성은 들고 있던 생수를 한 모금 마시더니 우물우물 입을 헹군 뒤 바닥에 힘차게 뱉었다. 나는 그 모습까지 보고 돌아섰다.

어깨가 시큰거리기 시작했다.

날 선 냉기가 왼쪽 어깨에 스미는 것 같았다.

검은색 모자를 쓰고, 베이지색 점퍼를 입은 노인이 절뚝거리며 들어온다. 몇 번을 돌려봐도 얼굴은 보이지 않았다. 일부러 숨긴 건지 아니면 우연히 얼굴이 안 나온 건지 그것까진 알 수 없었다.

영상을 보느라 침침해진 눈을 감았다. 그러고는 작

업실 의자에 머리를 기댔다. 다시 난관에 부딪혔다. 물론 얼굴을 안다고 해서 그 사람을 특정할 순 없겠지만, 적어도 그 노인이 차문수 교수 주위에 있던 인물인지 정도는 알아낼 수 있었으리라. 하지만 노인이라는 사실 외에는 아무것도 알 수 없었다.

잠깐.

어떤 생각이 머리를 스치자 나는 서둘러 고쳐 앉았다.

나는 왜 저 사람이 노인이라고 확신하는 걸까?

모자를 써서 얼굴이 보이지 않는다. 화질이 안 좋아 신체의 다른 부위가 뚜렷하게 나오는 것도 아니다. 그럼에도 나는 식당에서 영상을 보자마자 노인이라고 생각했다. 엉거주춤한 걸음걸이 때문이라고 하기에는 그냥 몸이 불편한 사람일 수도 있지 않은가? 그럼에도 노인이라고 한 치의 의심도 하지 않고 확신한 이유는…….

"본 적이 있어."

나도 모르게 그 말이 튀어나왔다.

저 몸짓, 저 걸음걸이를 본 적이 있다. 그것도 최근

에. 기억을 떠올리기 위해 평소 습관대로 무심코 왼손으로 턱을 괴었다. 그 순간이었다. 어깨가 아팠다. 신음이 나오려는 걸 간신히 참았다. 차가운 꼬챙이를 직각으로 푹 찔러 넣는 느낌이었다. 왼쪽 어깨를 중심으로 온몸에 한기가 퍼져나갔다. 나는 어깨를 부여잡고 한참 숨을 골랐다. 소설가라는 직업을 가진 후 쭉 목과 어깨가 좋지 않았다. 아마 글 쓰는 일을 하는 대부분은 나와 비슷하리라. 목은 늘 뻐근하고 어깨는 항상 뭉쳤다. 그렇지만 이런 통증은 처음이었다. 아까 카페 앞에서 차미조가 아닌 누군가가 내 어깨를 두드렸고, 나는 그게 지독한 통증의 원인이라는 걸 직감했다. 저주의 기운이 여러 형태로 덮쳐오고 있다. 나는 자연스레 그렇게 생각할 수밖에 없었다.

더 견디지 못하고 상비약으로 늘 지니고 다니던 타이레놀을 두 알 먹었다. 그리고 30분쯤 지나니 통증이 조금씩 가라앉았다. 한숨 돌린 나는 다시 생각에 잠겼다. 왼쪽 어깨는 여전히 무지근하게 아팠지만 당장은 견딜 만했다.

저 노인을 어디서 봤을까?

비교적 최근에 마주쳤기 때문에 무의식이 기억하고 있을 것이다. 나는 근래 내가 누굴 만났고 어떤 행사에 참석했는지를 떠올려봤다. 원체 사람 만나는 걸 싫어했기에 그런 기억은 몇 되지 않았다. 특히 불특정 다수를 만난 거라면…….

"북토크."

나는 중얼거렸다. 한 달 전 연남동의 모 카페에서 신간이 나온 기념으로 조촐하게 북토크를 했던 게 생각났다. 두 시간 동안 진행된 북토크의 마지막 순서는 사인회였다. 참석한 독자들이 줄을 섰고 차례차례 내 앞으로 다가와 사인을 받았다. 그중에 있었다. 베이지색 점퍼를 입은 채 독특한 걸음걸이로 다가온 노인이.

바로 핸드폰을 집어 들고 사진첩을 뒤졌다. 편집자가 보내준 그날의 단체 사진을 찾아냈다. 내가 가운데 위치했고 바로 왼편에 검은색 모자를 쓴 노인, 바로 그 사람이 서 있었다. 까무잡잡한 피부색에 주름 가득한 그 얼굴과 마주한 순간 노인의 이름까지 떠올랐다.

육모돈.

특이한 이름이라 뇌리에 남아 있었고, 무엇보다 그는 사인을 받으며 내게 자기 명함을 건넸다. 나는 지갑을 꺼내 그때 받았던 명함을 찾아냈다. 이름은 내 기억이 정확했다. '육모돈'. 이름 옆에는 '명리학자'라고 기재되어 있었다. 그리고 아래에는 '현인철학관'이라는 상호와 전화번호, 메일 주소가 찍혀 있었다. 나는 북토크 때의 단체 사진과 명함을 찍은 사진까지 차미조에게 보냈다. 그러고는 메시지를 덧붙였다.

— 찾았어요! 제 왼편에 서 있는 노인이 바로 그 사람입니다. 이름은 육모돈.

잠시 후 답장이 날아왔다.

— 이 사람, 저도 봤어요! 아버지가 돌아가시기 일주일 전 학술 세미나를 열었는데 그때도 참석했어요. 똑같이 아버지 왼편에 서 있었고.

차미조가 뒤이어 보내온 사진 역시 참석자가 모여서 함께 찍은 것이었다. 거기에 육모돈이 있었다. 똑같은 차림새였고, 똑같은 표정이었다. 부리부리한 눈을 정면에 두고서 입꼬리를 살짝 올리고 있었다. 웃는 듯 마는 듯한 표정. 나는 차미조에게 다시 메시지를 보냈다.

— 내일 만나서 자세히 이야기하죠.
— 좋아요.

차미조가 보낸 답장까지 읽고 나는 핸드폰을 내려놓았다. 그런 뒤 육모돈의 명함을 유심히 봤다. 명리학은 사주와 팔자를 통해 인간의 삶을 해석하고 미래를 예측하려는 어엿한 학문이다. 잘 모르는 사람은 명리학이나 무속이 비슷한 결에 있다고 오해하는데 그 결은 완전히 다르다. 명리학자가 연구하는 건 통계 데이터를 바탕으로 한 추론에 가깝기 때문이다. 아무튼, 명리학자라는 직업을 가진 이가 어떻게, 그리고 왜 흥담을 가까이하게 된 건지 궁금했다. 육모돈이라는 사람이 차문수 교수에게 흉담을 들려줬다는 건 거의 확실했으니까.

그런데 그는 왜 내게도 접근했던 걸까?

아니, 왜 나와 차문수 교수에게 접근했던 걸까?

의문에 대한 답은 육모돈이 가지고 있다. 나는 다시 핸드폰을 들고 작업실 밖으로 나갔다. 그러고는 명함에 써 있는 번호로 전화를 걸었다. 받지 않았다. 두 번 더 걸었지만 마찬가지였다. 결국 통화를 포기하고 메시지만 남겼다.

— 육모돈 씨. 우리 만날 수 있을까요? 메시지 보면 연락 부탁드립니다.

단지 전화를 걸고 메시지를 보냈을 뿐인데 이상하다 싶을 정도로 피로감이 몰려왔다. 나는 작업실에서 짐을 챙긴 뒤에 택시를 불렀다. 요금은 꽤 나오겠지만 도저히 지하철을 타러 갈 엄두가 나지 않았다. 흡사 며칠 밤을 새운 것 같은 컨디션이었다. 여전히 통증의 잔재가 남아 있는 왼쪽 어깨도 택시를 선택하는 데 한몫 했다. 나는 택시에 타자마자 잠들었다가 집에 도착해서야 간신히 일어났다. 채 40분도 안 되는 시간에 기억도 나지 않는 사나운 꿈을 연달아 꿨다. 내가 내리려 할 때 택시 기사가 말했다.

"어서 들어가서 쉬세요. 몸이 많이 안 좋으신 것 같던데."

"왜요? 제가 자면서 뭐라고 했나요?"

"네. 자꾸 이러시더라고요. 제발 쫓아오지 말라고."

집에 도착한 나는 뜨거운 물줄기 아래에서 오래 샤워를 했다. 왼쪽 어깨 통증은 이제 시린 감각으로 변해 아무리 지져도 좀처럼 사라지지 않았다. 다시 책상 앞에 앉았을 때는 거의 파김치 상태였다. 마음 같아서는 한숨 자고 싶었지만 솔직히 말하자면 악몽이 두려워 침대에 눕지 못했다. 이 상태로 잠이 들면 꼼짝없이 끔찍한 꿈을 꿀 게 틀림없었다. 그러면서 잠꼬대를 쏟아내겠지. 제발 쫓아오지 말라고.

나는 쉬는 대신에 강력계 형사인 강 선배에게 연락했다. 강 선배는 자기의 직업적 특성을 잘 살려 범죄추리물을 꾸준히 발표하는 소설가였다. 물론 자기가 추리소설을 쓴다는 건 주위엔 비밀로 했다.

"어이, 전 작가. 오랜만이야!"

강 선배는 늘 그러듯 힘찬 목소리로 전화를 받았다.

"선배. 어떻게 지내요?"

내 질문에 강 선배는 웃음기를 띠며 대답했다.

"나쁜 놈 잡고, 나쁜 놈 잡는 소설 쓰면서 지내지. 전 작가는 잘 지내고? 갑자기 연락한 거 보면 용건이 있는 것 같은데."

"역시 추리력 좋네요."

"뻔하지, 뭐. 형사한테 전화할 땐 다들 바라는 게 있더라고."

"안 그래도 오늘은 소설가 말고 형사로서 선배한테 물어볼 게 좀 있어요."

"뭔데 그래? 목소리 들으니 좀 진지하다?"

강 선배의 목소리도 달라졌다. 나는 간단하게 상황

을 설명했다. 지인의 기이한 죽음을 보고 그 비밀을 파헤치려 하는데 아무래도 드러나지 않은 사실이 있는 것 같다고. 그러고는 덧붙였다.

"한 달 정도 전부터 지금까지 유사 사건이 있었는지 좀 알아봐주세요. 부탁드릴게요. 괜히 귀찮게 하는 것 같아서 진짜 죄송한데……."

"오케이. 알았어. 죄송하면 다음에 밥 한번 사. 내가 알아보고 연락할게."

선선히 그렇게 말해주는 강 선배가 무척 고마웠다. 나는 거듭 감사 인사를 한 뒤 전화를 끊었다. 그런 뒤에는 책 한 권을 집어 들었다. 소설을 쓸 상태도, 상황도 아니었다. 이럴 때는 책이라도 읽는 게 나았다.

내가 선택한 미국 작가의 스릴러소설은 제법 재미있었다. 덕분에 꽤 긴 시간 잡생각 없이 독서에만 집중할 수 있었다. 마지막 장만 남긴 상태에서 일단 책을 내려놓았다. 그즈음부터 다시 어깨가 쑤시기 시작했기 때문이다. 글쎄, 쑤신다는 표현이 딱 맞을까? 저릿하다…… 서늘하다…… 아무튼 통증의 근원에 냉기가 있다는 건 분명했다. 정말로 거슬리고 기분 나쁜 감각이었다. 파스라도 붙일까 해서 찾아봤는데 다 쓰고 없었다. 컴퓨터 앞에 오래 앉아 있다 보면 목이고 어깨고, 그리고 허리까지 파스 붙일 일만 늘어난다. 고민하던 나는 의자에서 일어났다. 이렇게 미련스레 견디는 것보다 약국에 가서 파스를 사 오는 편이 나을 것 같았다.

나는 해가 뉘엿뉘엿 지기 시작한 거리로 나갔다. 그림자가 길어지고 사위는 어두워지고 있었다. 내가 제일 싫어하는 시간대였다. 하루가 저물고 낮에서 밤으로 변하는 찰나의 순간, 누군가는 지는 해를 보며 아름답다고 느낄지 모르지만 내게는 음울하고 스산한 느낌만 선사할 뿐이었다. 차라리 완전한 밤이 좋았다. 농도 짙은 어둠이 쌓인 걸 보면 기분도 차분하게 가라앉았고, 내가 새벽에 일어나 일찌감치 소설을 쓰는 것도 그런 이유 때문이었다. 어둠이 걷히기 전에……

"전건우 작가님."

누가 나를 부른 건 빌라에서 나와 골목에 막 들어

서던 참이었다. 고개를 돌렸다. 채 완전히 영글지 않은
희미한 어둠 속에 지는 해의 역광을 받으며 누군가가
서 있었다. 자세가 구부정했고 모자를 쓴 차림새였다.
철판을 긁듯 꺼끌꺼끌한 목소리가 다시 날아들었다.

"전 작가님, 안녕하세요?"

"누구……."

솔직히 말하겠다. 그렇게 물으며 상대방을 향해 한
발 다가간 그 시점에 나는 이미 그가 누구인지 눈치
채고 있었다. 허리를 숙이고 목을 길게 뺀 자세만으로
도, 그리고 저녁 바람에 펄럭이는 품이 큰 점퍼만으로
도 그의 정체는 쉽게 짐작할 수 있었다.

흉담을 퍼뜨리는 자.

"육모돈입니다."

그도 나를 향해 한 발 더 다가왔기에 우리 사이는
좁혀졌고 그 덕에 나는 육모돈의 얼굴을 똑똑히 볼 수
있었다. 저녁녘이고 모자를 쓰고 있다는 걸 감안해도
그의 얼굴은 지나치게 어두웠다. 굵은 주름이 아무렇
게나 그린 약도처럼 펼쳐진 육모돈의 얼굴에는 그야말

로 어둠이 짙게 드리워 있었다.

"어떻게 여길?"

내 집을 아는 독자는 없다. 육모돈이 무슨 수로 집까지 찾아왔는지 궁금했다. 날 미행이라도 한 걸까? 그런 거라면 오히려 이해할 수 있다. 그는 내 북토크에도 왔고, 어쨌든 주위를 계속 맴돌았을 테니까.

"조용히 이야기할 곳이 있을까요?"

육모돈은 경북 사투리 억양을 잔뜩 드러내며 물었다. 골목 끝에는 자그마한 근린공원이 있긴 했다. 이때쯤이면 공원에서 놀던 아이들도 다 집으로 돌아가서 조용하리라.

"따라오세요."

나는 그렇게 말한 후 먼저 공원으로 향했다. 육모돈이 절뚝거리며 따라왔다. 예상대로 이미 컴컴해지기 시작한 공원에는 아무도 없었다. 그네 하나가 제멋대로 끼익끼익 움직이는 게 신경 쓰였지만 애써 무시하고 벤치에 앉았다. 육모돈도 내 옆에 앉았다. 그는 그쉬운 동작을 하면서도 끙, 하고 앓는 소리를 냈다. 그러더니 먼저 입을 열었다. 자기 핸드폰을 꺼내 보이면서.

"나한테는 남은 시간이 얼마 없습니다. 보세요."

나는 엉겁결에 그의 핸드폰을 받아 들었다. 거기엔 엑스레이 사진이 하나 떠 있었다. 폐를 찍은 사진으로, 검어야 할 부위가 죄다 흰색이었다. 딱 봐도 폐의 대부분이 암세포에 잠식당했다는 걸 알 수 있었다. 폐암 말기. 자연스레 그런 진단이 떠올랐다. 그의 얼굴에 드리운 건 단순한 어둠이 아니었다. 죽음의 그림자였다.

"안타까운 건 알겠는데, 이 사진을 보여준 의도가 뭡니까?"

육모돈은 대답하는 대신 오히려 내게 물었다.

"흉담이 뭔지 궁금하시죠? 차문수 교수에게 한 얘기, 들려드릴까요?"

그 질문을 던진 육모돈의 눈동자는 한없이 어둡고 그 깊이를 알 수 없었다. 마치 썩어가는 늪을 들여다보는 느낌이었다. 하지만 그런 건 중요하지 않았다. 내 머릿속에는 이미 그 단어가 가득 자리 잡았다.

흉담.

"제가 죽으면 이제 그 이야기는 영영 묻힙니다."

육모돈이 또 말했다. 그럴 것이다. 흉담을 들은 이는 모두 죽었으니까. 도대체 어떤 이야기이기에 그토록 강력한 영향력을 만들어내는 걸까? 궁금하지 않다면 거짓말이었다. 소설가로서의 궁금함도 있지만, 단순히 무서운 걸 즐기는 사람으로서의 궁금함 역시 큰 비중을 차지했다. 물론 목숨을 걸 생각은 없었다. 그럼에도…… 육모돈의 말은 너무나 달콤하게 들렸다. 이 기회를 날린다면 또 그를 만날 수 있을까? 육모돈을 집어삼키려는 폐암이라는 사신은 무자비하기로 유명했다. 그는 이미 가망이 없어 보였다. 그걸 알았기에 차문수 교수 역시 기꺼이 흉담을 들어보려 했던 게 아닐까? 물론 차문수 교수는 그것이 죽음으로 이어진다는 걸 몰랐다. 나는 안다. 아는데도 격렬하게 요동치는 호기심을 억누르기 힘들었다. 나는 간신히 부여잡고 있던 이성의 끈을 당겨 육모돈에게 물었다.

"흉담의 화를 막을 방법이 있습니까?"

"있다면, 들으시겠습니까?"

“네.”

홀린 듯 대답했다. 그러고는 아차 싶었다.

“그렇다면 지금부터 제가 하는 이야기를 잘 들어주십시오.”

“진짭니까? 흉담을 들어도 죽지 않는 방법이 확실히 있습니까?”

나는 입을 떼려는 육모돈을 만류하며 재차 확인하는 걸 잊지 않았다.

“있습니다. 그대로만 하면 됩니다. 얘기해도 될까요?”

육모돈의 말에 나는 천천히 고개를 끄덕였고, 그렇게 흉담은 시작됐다. 어느새 해가 완전히 저물었다. 공원에 가로등이 켜졌다가 금세 깜박거리더니 다시 꺼져버렸다. 암흑이 엄습했다. 더없이 어울리는 환경이었다. 흉담을 듣기에…….

해치러 오는 자

★**경고**: 지금부터 다른 서체로 이어지는 흉담의 내용은 읽지 않아도 전체 내용을 이해하는 데 무리가 없습니다. 위험을 감수하지 않아도 괜찮습니다. 다만, 읽었을 때 이야기의 재미는 배가 됩니다.

모든 감정이 사라지고 오직 미움만 남은 무녀가 살고 있었습니다. 무녀의 남편, 그리고 아이 둘이 어디론가 끌려간 뒤 영영 돌아오지 않았기 때문입니다. 무녀는 가족들이 죽었다는 걸 알았는데, 그러고도 세상은 멀쩡히 돌아갔습니다. 그래서 무녀는……

모든 게 미웠습니다. 웃으며 떠드는 옆집 가족도, 서로에게 의지해 밭을 가는 아랫집 부부도, 심지어 아침을 노래하는 새며 들판에 핀 꽃도 모두 미웠습니다.

미움을 참기 힘들었던 무녀는 몰래 옆집 아이를 납치해 와 죽였습니다. 살가죽이 벗겨진 채 죽어가는 아이를 보자 미움이 조금 풀렸습니다. 고통으로 몸부림치는 아이의 벗겨진 살에 소금을 뿌리자 미움은 더 많이 풀렸습니다.

하지만 미움은 끊임없이 차오르는 우물과 같았습니다.

좀처럼 다 퍼낼 수 없었습니다.

그랬기에 무녀는 아랫집 부부의 부인을 유인해 독충이 들끓는 항아리에 넣었습니다. 부인의 비명이 들리는 동안에는 미움도 조금 주춤했지만, 그 여자가 죽고 나자 다시 모든 게 미워지기 시작했습니다.

결국 무녀는 자기 미움을 대신 풀어줄 악귀를 만들기로 했습니다.

악귀를 만드는 건 쉬운 일이 아니었습니다.

먼저 무녀는 이 고을 저 고을을 다니며 크고 작은 아이 서른셋을 납치했습니다. 그렇게 꼬드겨 데려온 아이는 모두 빛 한 점 들지 않는 동굴 지하에 가두었습니다. 그러고는 일주일을 물만 주며 굶겼습니다.

아이들은 일주일 새 신기하리만큼 비쩍 말라 다들 꼬챙이처럼 변했습니다. 여드레째 될 때 무녀는 동굴 지하실 문을 열고 아이 중 한 명을 불러냈습니다. 빛이 들어오는 지하실 문 아래 선 그 아이에게 무녀는 기름지고 달짝지근한 음식을 마음껏 내어주었습니다. 아이는 영문도 모르는 은혜에 감사해하며 음식을 마구 먹어댔습니다. 무녀는 알고 있었습니다. 빛의 바깥, 어둠 속에서는 나머지 서른둘이 한 아이만 뚫어지게 보며 앙심을 품고 있다는 것을. 앙심이야말로 미움의 다른 말이었습니다.

그 아이가 음식 먹기를 그치자 무녀는 다시 지하실 문을 닫았습니다. 그러고 얼마 지나지 않아 사나운 외침이 몇 번 들리더니 누군가의 처절하고 끔찍한 비명이 울려 퍼졌습니다. 그것은 넉넉하게 먹은 아이가 내지른 비명이었습니다. 미움과 시기심으로 정신이 나간 나머지 아이들이 배부른 아이의 사지를 맨손으로 찢는 소리이기도 했습니다.

무녀는 아이가 다섯 명 남을 때까지 같은 짓을 반복했

습니다.

그 결과 남은 아이 다섯은 이미 여러 번 살인하고 인간의 피와 살코기를 먹으며 버텨온지라 반은 악귀처럼 변한 상태였습니다. 그런 아이들을 향해 무녀는 이렇게 말했습니다.

"문을 열어둘 테니 제일 먼저 계단을 올라오는 한 명만 살려줄 것이다."

그러자 아이들 다섯은 누가 먼저랄 것도 없이 서로 공격했습니다.

그들에게는 자기가 먼저 올라가는 것보다 남이 올라가는 걸 막고 싶다는 마음이 강했습니다. 이미 그들은 서로를 너무나 미워하고 있었습니다. 아니, 세상의 모든 걸 미워하고 있었지요.

마침내 한 아이만 살아남았습니다. 피로 칠갑한 아이가 계단을 올라 문밖으로 고개를 내민 순간, 무녀는 그 목을 잘라버렸습니다.

그런 뒤 양손으로 들어 올려야 할 크기의 검고 반들거리는 항아리에 자른 목을 넣어 빛이 닿지 않는 곳에서 아흔아홉 날 묵혀두었습니다. 목은 썩지도 않은 채 형체를 유지했고, 항아리 뚜껑을 열자 곧 시커멓고 거대한 악귀가 튀어나왔습니다. 미움을 먹고 자란 악귀는 무녀의 미움을 대신해서 풀어주었습니다. 죄 없는 다른 이들조차 악귀에게 끌려 차차 죽음을 맞이하게 된 것입니다. 그 악귀의 이름은······

차. 문. 수.

오늘 자정까지 두 사람에게 흉담을 들려주지 않으면····· 악귀 차문수가 찾아갑니다.

흉담은 끝났다. 나는 팔에 돋은 소름을 쓸어내렸다. 이야기를 마친 육모돈은 입을 다문 채 멍하니 나만 보고 있었다. 그는 그새 몇 년은 더 늙은 것 같았고, 생기가 절반 이상 빠져나간 듯 보였다. 눈동자에 초점이 없었다. 혹시나 해 육모돈에게 말을 걸었다.

"괜찮습니까?"

"아······ 네."

반박자 정도 느리게 대답이 돌아왔다. 그래도 괜찮

다는 걸 확인했기에 나는 내가 들은 이야기에 다시 집중했다. 신기하게도, 또는 괴이하게도 육모돈이 쏟아낸 한 마디, 한 마디가 모조리 머릿속에 떠올랐다. 누군가에게 흉담을 들려주어야 한다면 한 문장도 틀리지 않고 그대로 말할 자신이 있을 정도였다. 흉담은 뇌에 새겨졌다. 그 저주받은 이야기는 숙주를 조종하는 기생충처럼 내 기억 세포에 침투했다. 그러고는…… 다른 이를 향해 이야기하라고 추동했다. 그렇지 않으면 악귀가 찾아오니까.

악귀 차문수.

"왜…… 왜 차문수 교수였고, 왜 또 납니까?"

나는 궁금했던 걸 물었다. 흉담을 듣는 동안 그 의문이 더 짙어졌다. 우리라면 이야기를 기꺼이 들어주리라고 생각했던 걸까? 그게 아니라면…….

"그냥…… 난 당신 두 사람이 미웠습니다."

"네? 무, 무슨 이유로……."

"어느 날 TV를 보는데 두 사람이 나와서 아는 척 자꾸 떠들더군요. 진짜 잘 아는 건 난데, 난 이렇게 죽어가는데, 저들은 뭘 안다고 저리 떠들면서 돈을 벌까 싶더라고요. 호호. 표정을 보니 모르는 누군가가 자길 몰래 미워하고 있을 거라곤 한 번도 생각해보지 못한 모양이군요. 자, 이제 작가님도 두 사람을 고르세요. 미워하는 인물이면 더 좋고. 호호. 참고로, 차 교수는 내 말을 전혀 믿지 않더군요. 하지만 작가님은 그 결과를 아실 테니……."

"도대체 이 이야긴 어디서 들은 겁니까? 어디서 듣고, 누구한테 얼마나 퍼뜨린 겁니까?"

나는 최대한 침착하려고 애썼지만 쉽지 않았다. 심장이 요동쳤다. 그만큼 흉담은 인상적이었다. 뇌에 새겨질 정도로. 물론 지금껏 난 수많은 이야기를 들어왔다. 끔찍한 것부터 자극적이고, 참혹하며, 때로는 제정신으로는 소화하지 못할 만한 이야기까지……. 어떤 이야기는 너무 위험했고, 어떤 이야기는 너무 해로웠고, 또 어떤 이야기는 너무 악랄했다. 나는 그런 이야기를 수도 없이 읽고, 듣고, 보고…… 생각했다. 흉담도 그런 숱한 이야기 중 하나라고 치부할 수 있을지 모르겠다. 내용만으로 한정 짓자면 그럴 수도 있을 터. 안타깝게도, 아니다. 흉담은 다르다. 달랐다. 그걸 듣는 순간 나는 실제로 굉장히 심한 압박감을 느꼈다. 단조로운 음색으로 육모돈이 한 마디씩 할 때마다 한기가 뼛속 깊이 스며들었고, 그건 결국 뜨겁게 흘러야 할 피를 굳혀버렸다. 그 때문이리라. 숨쉬기도 힘들고, 제대로 된 사고를 이어가기도 힘들었던 건. 수없이 많은 개미나 거미가 꽁꽁 얼어붙은 내 팔다리 위로 기어다니는 느낌도 들었다. 그리고 또 하나, 나는 흉담이 꾸며 낸 이야기가 아니라고 믿는 자신을 발견했다. 터무니없는 이야기가 아니다. 미움 속에서 탄생한 악귀가 진짜 있다. 그리고 그 악귀는…… 누군가에게 온몸을 할퀼 정도의 끔찍한 고통을 가해 죽인다.

안 돼!

갑자기 미친 듯이 소리치고 싶어졌다. 간신히 참았지만, 요동치는 마음은 진정되지 않았다. 나는 거칠게 다시 물었다.

“이걸 누구에게 처음 들은 겁니까? 네?”

육모돈은 분명히 뭔가 대답하려 했다. 하지만 날 선 고통이 먼저 엄습한 듯 보였다. 그는 입을 반쯤 벌린 채로 얼굴을 잔뜩 찡그렸다. 모든 안면 근육이 쭈글쭈글 주름을 만들어냈고, 각기 다른 주름은 하나같이 고통을 표현하는 데 적극적이었다. 육모돈은 그 상태 그대로 허리를 푹 숙였다.

"괜찮습니까?"

내 질문에 대한 대답 대신, 육모돈은 거친 기침을 토해냈다. 이러다가 내장이 다 쏟아져 나오는 게 아닐까 걱정될 정도였다. 나는 어쩔 줄 모르는 상태로 육모돈을 향해 다시 물었다.

"구급차, 구급차 부를까요?"

기침하면서도 그가 고개를 몇 번 끄덕였다. 나는 바로 119에 신고했다. 구급차는 5분 만에 도착해 손이며 입가가 피로 벌겋게 물든 육모돈을 실어 갔다. 이동식 들것에 누운 육모돈은 너무나 작고 초라해 보였다. 거의 뼈와 가죽만 남은 몰골이었다. 이번에 병원으로 가면 다시는 두 발로 나오지 못하리라는 직감이 들었다.

그렇다는 건 풀어야 할 의문을 쉽게 해결할 방법이 사라진다는 뜻이었다. 어쩌면 이것마저 육모돈의 고약한 계략이 아닌가 했지만 죽어가는 이를 더는 나쁘게 보고 싶지 않았다.

중요한 건 앞으로의 내 행동이었다.

나는 멀어지는 구급차 꽁무니를 보며 그렇게 생각했다. 그리고 스스로에게 질문을 던졌다.

흉담을 계속 퍼뜨릴 거야?

아니면 이 저주를 여기서 끝낼 거야?

자정까지는 아직 시간이 좀 있다. 우선은 냉철하게 분석하고 상황을 파악하는 게 옳을 것이다. 그 전에 차미조에게는 바로 연락했다.

― 흉담을 들었습니다.

내가 보낸 짧은 메시지에 역시 짧은 답장이 날아왔다.

― 댁으로 갈게요. 주소 알려주세요.

나는 차미조에게 주소를 보낸 뒤 생각에 잠겼다.

만약 최후의 순간에 누군가에게 흉담을 들려주어야 한다면…… 누굴 선택해야 할까?

차문수 교수는 헤어진 전 부인과 또 한 명, 바로 나를 선택했다. 이미 그때는 시간이 너무 늦어 둘 다 전화를 받지 않았지만. 나는 이런 이야기에 환장하는 사람을 두엇 정도 알고 있었다. 그들에게 들려준다면? 그래서 이 저주를 다 털어버린다면…… 얼마나 좋을까?

정작 파스는 사지 않고 벤치에 앉아만 있다가 집으로 돌아왔다. 온몸에 피를 철철 흘리며 죽을 판인데 어깨 아픈 게 대수인가 싶었다. 나는 책상 앞에 앉아서 생각하고, 또 생각했다. 아직은 현실감이 없었다. 모든 게 너무 순식간에 벌어졌고 내 의식은 그 뒤를 따라가느라 허둥지둥할 뿐이었다.

흉담은 존재한다. 이것은 참이다.

흉담을 들으면 죽는다. 이것도 참이다.

물론 100퍼센트라고 장담할 수는 없다. 내가 아는

사례는 두 건이 전부니까. 흉담을 듣고 그걸 퍼뜨리지 않았는데도 살아남은 사람이 있을까? 그 역시 당장은 알 수 없기에 일단 머릿속에서 지웠다.

그러면 결국 하나의 선택지만 남게 된다.

흉담을 두 명에게 들려주어야 한다.

그러지 않으면 죽으니까.

악귀 차문수의 손에.

아무리 생각해도 흉담을 들려줄 사람을 찾기는 힘들었다. 그랬기에 처음으로 다시 돌아가 생각하고, 또 같은 지점에서 고민하기를 반복하고 있었다. 자정까지는 네 시간가량 남았다. 그 안에 어느 쪽으로든 행동해야 했다.

핸드폰이 진동한 건 그렇게 생각에 빠져 있을 때였다. 요란한 진동 소리에 깜짝 놀라 움찔하는 나를 보며 자조 섞인 웃음이 터져 나왔다. 고작 전화가 온 것 때문에 이렇게 놀라다니…….

하지만 액정에 뜬 이름을 보고는 얼굴이 싹 굳었다.

차문수.

분명했다. 몇 번을 봐도 그 이름은 변하지 않았다. 나는 한참 고민하던 끝에 죽은 이에게서 걸려온 전화를 받았다.

"여보세요?"

대답이 없었다.

"누구야?"

그렇게 묻자 숨소리가 들리기 시작했다.

하아. 하아. 하아. 하아.

숨을 뱉을 때마다 허연 입김이 서린다. 그것은 저 깊고 어두운, 냉기로 가득한 곳에서 왔으므로 숨결마저 차디차다. 그것의 생김새가 떠오른다. 이미 잘 알고 있던 것처럼 자연스럽게. 미움의 독이 올라 사지가 시커멓게 변했고 꼬챙이처럼 비쩍 마른 데다가 길쭉하다. 그리고 얼굴은…… 차문수 교수 그대로다.

"윽!"

눈앞에 너무나도 선명하게 그 모습이 떠올라 나도 모르게 신음을 흘렸다. 전화는 끊어버렸다. 나는 알았다. 이건 누군가의 고약한 장난 따위가 아니란 걸. 이제부터 시작이리라. 죽음이 엄습해오고 있다. 저 멀리서, 아니 이젠 아주 가까이에서 호시탐탐 기회를 노리다가 와락 달려들 것이다. 죽는다. 이대로 있으면 반드시 죽는다. 두 명의 내가 있다. 죽음을 두려워하며 안절부절못하는 나와 한 발 뒤에서 그런 나를 바라보는 또 다른 나. 후자 쪽의 '나'는 전자를 이해하지 못한다. 낯설어한다. 죽음을 두려워할 정도로 삶에 애착이 있었던 거야? 그런 질문을 던지고 싶어 한다. 그랬다. 나는 죽음을 무서워하지 않았다. 적어도 서른이 되고부터는 사는 게 훨씬 무섭고 힘들었다. 그런 내게 죽음은 늘 달콤한 유혹과 같았다. 그 찬란한 세계를 엿보려고 애쓰다 보니 죽음을 다룬 소설을 쓰게 되었다. 그런데 지금…… 전자의 '나'는 분명히 벌벌 떨고 있다. 이대로 죽기는 싫다면서.

신경이 잔뜩 곤두서 아무것도 손에 잡히지 않았고 눈에 들어오는 것 역시 없었다. 초인종이 울린 건 바로 그때였다. 딩딩동. 딩딩동. 그 소리가 장송곡처럼 불길하게 울려 퍼졌다. 누군가가 1층 공동 현관에서 우리

집을 호출한 것이었다. 나는 차미조가 벌써 도착한 건가 싶어서 얼른 거실로 나갔다. 여전히 딩딩동 소리는 울리는데 인터폰에는 아무도 비치지 않았다. 그저 주차장에 오목하게 고인 어둠이 보일 뿐이었다. 그래도 혹시 몰라 스피커를 누른 채 잔뜩 위축된 목소리로 물었다.

"누구세요?"

대답 대신 돌아온 건 차가운 디지털 음성이었다.

열립니다.

"자, 잠깐!"

나는 아무것도 누르지 않았다. 인터폰이 꺼졌다. 화면이 어둠으로 뒤덮이기 직전, 공동 현관 문이 열렸다가 닫히는 소리가 희미하게 들렸다.

오고 있다!

그것이…… 온다.

악귀 차문수가…… 올라오고 있다!

직전에 죽은 이를 다음 사람에게 악귀로 만들어 보내는 것이야말로 이 저주의 핵심이었다. 가장 사악한 요소였다. 무자비하고 악랄한 술수. 만약 내가 온몸을 할퀸 채로 죽는다면, 나는 또 누구의 사신이 될까?

그런 생각이 머릿속을 스치자 절대 죽고 싶지 않았다. 인터폰 앞에 멍하니 서 있던 나는 그 생각 하나로 급히 움직였다. 컴퓨터가 있는 방으로 달려가 책상 서랍을 열고 소금 단지를 꺼냈다. 일전에 도움을 준 적이 있는 무속인에게 받은 영험한 천일염이었다. 그 무속인이 말하길, 이 소금에 고춧가루를 섞어 뿌려놓는다면 웬만한 액이나 삿된 기운은 거의 다 막을 거라고 했다. 주방으로 가 고춧가루를 찾아냈다. 시간이 없었다. 4층까지는 금방 올라오리라. 손이 덜덜 떨려서 몇 번이나 실패하다가 결국 작은 대접에 소금을 덜어내는 데 성공했다. 거기에 고춧가루를 뿌렸다. 되는대로 많이. 그러고는 우악스럽게 섞었다. 그러는 사이 초인종이 울렸다. 이번에는 현관 쪽이었다. 무슨 수작을 부리는지 다 알고 있다는 듯 단호하고 날카롭게 삑! 한 번만 울렸다. 나는 그 소리에도 움찔했다. 소금과 고춧가루가 범벅이 된 대접을 들고 현관으로 향했다. 그때였다.

쾅! 쾅! 쾅!

현관문이 부서져라 때려대는 커다란 소리가 연달아 들렸다.

"악!"

나는 어이없을 정도로 심하게, 그야말로 펄쩍 뛸 듯이 놀랐다. 그 바람에 들고 있던 대접을 놓쳤고 회심의 비방은 현관에 아무렇게나 쏟아져버렸다. 대접이 데굴데굴 구르는 걸 지켜봤다. 그거 말고는 할 수 있는 게 없었다. 몸은 얼어붙었고, 기껏해야 한 줌밖에 안 되는 용기조차 사라진 지 오래였다. 숨쉬기가 힘들었다. 잊고 있던 왼쪽 어깨의 통증이 새삼 되살아났다. 어깨가 너무나 시렸다. 뾰족한 고드름이 피부를 뚫고 신경을 잘게 썰며 안으로, 안으로 자꾸만 파고드는 고통이었다. 어깨를 부여잡은 채 벽에 기댔다. 아무리 헐떡여도 산소는 충분히 들어오지 않았다. 목덜미에 진땀이 맺혀 축축했다. 겨드랑이도 마찬가지였다. 오래전에 나를 괴롭히다가 사라진 공황 발작이 다시 엄습해오는 느낌이었다.

“작가님! 작가님!”

문득 그런 소리가 들려왔다. 문밖에서였다. 시간 감각이 희미했다. 내가 현관 앞에서 이 꼴로 얼마나 버둥거렸는지 알 수가 없었다. 핸드폰을 확인하면 될 텐데…… 그러면 될 텐데…… 어디 있지? 내 핸드폰은 어디 있고, 밖에서 저리 날 부르는 사람은 누구지?

“작가님! 저 차미조예요.”

차미조.

차미조가 왔다.

차문수의 딸, 차미조.

저 여자는 진짜 차미조일까?

“문 열어주세요. 현관에 있는 거 알아요!”

차미조는 다급하게 말했다. 나는 간신히 문으로 다가갔다. 손잡이만 돌리면 된다. 그러면 차미조가 날 도와줄 것이다. 진짜 차미조라면. 아니라면? 차미조 행세를 하는 악귀라면? 그 애비라면?

나는 왼손으로 내 뺨을 때렸다. 그다지 아프지는 않았지만 머리가 조금 맑아지는 효과는 있었다.

“정신 차려.”

그렇게 중얼거렸다. 내가 나에게 한 말이지만, 다른 사람이 말한 것처럼 들렸다. 오른손으로도 한 번 뺨을 때리고 다시 혼자 떠들었다.

“정신 차리라고!”

“작가님. 빨리 문 열어주세요.”

손이 움직였다. 문고리를 잡았다. 돌리면 된다. 그 전에…….

“차미조 씨 확실해요?”

“아니라고 해도 어쩔 수 없잖아요!”

맞는 말이었다. 그리고 차미조라 믿고 싶었다. 나는 문을 열었다. 동시에 푹 주저앉았고 때마침 들어온 차미조가 그런 나를 부축했다.

“고마워요.”

내 말이 끝나기 무섭게 차미조는 립스틱처럼 생긴 작은 원통을 열더니 후, 하고 불었다. 그러자 쑥 냄새가 진동했다.

“외할머니한테 받아 왔어요. 알아요? 작가님 몸에서

누린내 엄청 심하게 난다는 거.”

“거실로 가죠.”

냄새는 물론이고 쑥을 태우는 연기까지 더해지자 한결 상태가 나아졌다. 우선 얼어붙은 왼쪽 어깨에 온기가 스미는 느낌이었다. 그것만으로도 조금은 살 것 같았다. 나는 비틀거리면서도 용케 쓰러지지 않았고, 결국 거실 소파에 무사히 앉았다. 힘이 쭉 빠지면서 소파 깊숙이 몸을 파묻었지만, 의식은 점점 또렷하게 바뀌고 있었다. 차미조는 소파 앞에 서서 거실 구석구석을 훑어봤다. 그러더니 말했다.

“아직 오진 않았어요. 여긴 삿된 게 없어요.”

“자정이 넘으면 그게 찾아올 겁니다.”

힘없이 말한 나를 향해 차미조가 물었다.

“흉담, 어떤 내용이었어요?”

“그 내용만 빼고는 다 말해줄 수 있어요. 그러니 앉아보세요.”

내 말에 차미조는 소파에 앉았다. 나는 거의 다 탄 쑥의 마지막 향기와 온기를 들이마신 뒤 이야기를 시작했다.

기쁨을 나누면 배가 되고, 두려움을 나누면 반이 된다. 이런 말이 있는지는 모르겠지만 아무튼 지금까지의 이야기를 쏟아내고 나니 조금 진정되는 것도 사실이었다.

"끝이에요?"

내가 말을 멈추자 차미조가 물었다.

"네. 흉담의 내용 빼곤 다 말했습니다."

나를 찾아올 악귀가 죽은 차문수 교수라는 것도 빼놓지 않고 이야기했다. 차미조는 그 대목에서도 크게 당황하지 않았다.

"내용은 안 들려주실 거죠?"

"네. 그럴 순 없습니다."

"알았어요. 들려주신다 해도 어차피 안 들을 생각이었어요."

"다른 두 명에게 흉담을 전할 생각도 없습니다."

자정이 가까워지면 생각이 달라지겠지만, 일단은 그렇게 말했다. 물론 나도 안다. 불과 10여 분 전에 추한

꼴을 잔뜩 보인 내가 이렇게 말하는 게 웃긴 이야기라는 걸. 저주의 고리를 끊겠다는 숭고한 목표나 목적이 있는 건 아니었다. 내 경우에는 정말로 흉담을 들려줄 상대가 없었다. 괴이한 이야기에 환장하는 이라 해도 들으면 죽는 이야기를 환영할 것 같지는 않았다. 그렇다고 죽이고 싶을 만큼 미워하는 사람이 있는 것도 아니었다. 애초에 지인이 몇 없다는 건 이럴 때 도움이 된다. 아이러니한 일이다.

"결국 외할머니에게 도움을 청했어요. 외할머니는 흉담이 뭔지는 몰라도 그게 저주고, 특정 인물을 향해 작용한다는 걸 듣더니 비책을 알려주셨어요."

차미조의 말에 나는 반색했다.

"비책이라면?"

"해치러 오는 것, 그러니까 우리 아버지 악귀겠네요. 아무튼 그 존재의 주의를 딴 데로 돌리는 법이에요."

"빨리 알려주세요."

"제가 제웅을 받아 왔어요. 여기에 작가님 머리카락과 손톱, 발톱을 넣은 뒤 작가님 피로 이름을 적는 거예요. 그러면 당분간은 이 제웅이 작가님이 되는 거죠. 이걸 찾기 힘든 곳에 숨겨두면……."

"악귀는 그걸 찾아다니겠군요."

"네. 맞아요. 물론 임시방편이긴 해요. 기껏해야 하루 정도 시간을 벌겠네요. 그래도 해보죠. 시간이 그리 많지 않으니까 우선 이거부터 처리하죠. 어때요?"

마다할 이유가 없었다. 나는 차미조가 내민 제웅을 받았다. 눈 코 입이 달려 있지 않은 흰색 헝겊 인형이었다. 가위로 대충 앞머리를 자르고, 손톱과 발톱도 깎았다. 인형의 배를 갈라 그 안에 채워진 솜 사이에 그 세 가지를 넣고 다시 닫았다. 가위로 가른 부위가 열리지 않게 테이프로 꽁꽁 싸맸다. 그런 뒤에 가위 끝으로 오른손 검지 첫 마디를 찔러 피를 냈고, 제웅의 얼굴에 내 이름 석 자를 적어 넣었다.

전건우.

붉게 빛나는 낯익은 이름을 보자 묘하게 서늘했다.

"됐어요."

나는 차미조에게 다시 제웅을 내밀었다. 인형을 들

고 꼼꼼하게 살핀 그는 그걸 점퍼 주머니에 넣더니 현관으로 향했다.

"가능한 한 멀리 떨어진 곳에 놓아두고 연락할게요."

그렇게 말하며 현관문을 여는 차미조를 향해 나는 당부했다.

"조심하세요."

"작가님도요."

차미조가 떠나고 나자 집에는 다시 냉기만 맴돌았다. 그래도 악귀가 다가오려던 직전보다는 나았다. 무엇보다 은은하게 맴도는 쑥 냄새가 안정감을 줬다. 늘어졌던 몸에도 조금은 힘이 돌아왔다. 나는 현관 바닥을 뒤덮은 소금과 고춧가루를 다시 모아서 문 앞으로 길게 쌓았다. 그 일까지 하니 머릿속 안개가 조금씩 걷히는 느낌이 들었다. 그때였다. 그토록 찾았던 핸드폰이 진동했다. 핸드폰은 현관 문지방 뒤편에 떨어져 있었다. 얼른 들어서 확인하니 강 선배 전화였다. 바로 전화를 받았다.

"선배."

"어, 전 작가. 알아봐달라던 거 결과가 나왔어."

"아! 네네. 고맙습니다."

"전 작가가 말했던 사례대로 죽은 사건이 두 건 더 있었어."

"두 건이요?"

"응. '외부 침입 흔적은 없는데 사체는 처참한 상태였다. 스스로 자기 몸을 긁은 상처가 가득한 사체다.' 이런 불가사의한 죽음은 경찰 내부 전산망을 타고 금세 소문이 돌거든. 그래서 쉽게 찾았어. 두 사건 모두 한 달 전, 그러니까 4월에 같은 도시에서 벌어졌어. 그것도 똑같은 날에."

"같은 도시라면……."

"경북에 있는 K시. 먼저 발견된 사람은 K시의 종합병원에서 근무했던 암 전문의, 같은 날 오후에 발견된 피해자는 60대 여성으로 무속인이네, 직업이. 두 사람 사이에 접점은 없는 걸로 나왔어. 자, 내가 가르쳐줄 수 있는 건 이게 다야. 이해하지? 너무 자세히 말해주는 건 나도 좀 부담이라서."

"그럼요! 지금 주신 정보만으로도 충분해요. 고마워요, 선배."

"그런데 전 작가."

"네."

"나 장례식장 갈 일 없는 거지? 그렇지?"

잠시 그 질문의 의도를 생각한 후 나는 조용히 대답했다.

"네. 그럴 일 없을 겁니다. 약속해요."

"좋아. 내가 도울 일 있으면 언제든 연락하고."

강 선배와의 통화는 그렇게 끝났다. 나는 한숨 돌리며 머릿속을 정리했다. 제일 먼저 떠올린 건 발람이 했던 표현, 바로 확증 편향이었다. 흉담을 들은 이의 최후를 아는 상태에서 결국 나도 똑같이 될 거라는 확증 편향이 작동했다. 아무리 이성적으로 판단하려 해도 이미 눈이 먼 상태고 귀가 닫힌 상태다. 물론 그것만으로 모든 걸 설명할 수는 없다. 육모돈에게서 흉담을 들은 순간부터 저주는 내 몸 안에 '기생'하게 되었다. 그러고는 공포에 눈이 멀게끔 나를 조종했다. 이

138

를테면 곤충인 숙주를 조종해 물가로 인도하는 연가시처럼. 죽음은 자정에 찾아오지만, 저주는 그 전부터 작동해 이성을 잃게 만들고, 결국 다른 사람에게 이 이야기를 퍼뜨리도록 유인한다. 내가 만약 둘에게 흉담을 들려주었다면, 아니…… 차문수 교수가 죽기 전 각기 다른 두 사람과의 통화에 성공했다면, 그리고 그 둘이 또 다른 둘에게 흉담을 들려준다면 흉담은 기하급수적으로 퍼져나간다. 흉담을 들은 이, 즉 저주라는 이름의 기생충에 감염된 이는 이야기를 옮기거나 죽거나 둘 중 하나를 선택할 수밖에 없다. 이것이 흉담의 작동 원리였다.

그렇다면…… 누가 이런 저주를 만들어낸 걸까?

악귀의 시선을 돌리는 건 차미조의 표현처럼 임시방편일 뿐이다. 제웅이 내가 아닌 걸 안다면 악귀는 금세 나를 다시 찾으려 할 것이다. 저주를 완전히 풀어내려면 결국 내게 기생한 그것을 끄집어내는 수밖에 없다. 연가시는 작은 크기로 곤충의 몸에 들어갔다가 결국에는 수십 배까지 커져 모든 걸 장악한다. 그 전에 빼내야 한다. 아니면 안에서 말라 죽게 하거나. 어쨌든 그걸 위해서라면 저주의 정체, 근원, 법칙을 모두 알아내야 한다. 하나는 안다. 흉담이 만들어진 배경. 하지만 그건 아주 오래전에 벌어진 사건이리라. 게다가 세상에 드러나지 않고 묻혀 있었다. 육모돈이 퍼뜨리고 다니기 전까지는. 그렇다면…… 단서는 K시에 존재할 확률이 높았다.

차미조가 전화를 걸어왔다. 어느덧 한 시간 이상이 지나 있었다.

"괜찮죠? 멀쩡한 거죠?"

내가 전화를 받자마자 차미조가 물었다.

"네. 나름 이성을 되찾고 이것저것 생각 중입니다."

"저는 서울역이에요."

"서울역?"

"방금 부산행 KTX 화장실에 제웅을 버리고 오는 길이에요."

"아! 그러면 적어도 내일 새벽까지는 악귀가 부산에서 절 찾고 있겠네요."

“그렇죠. 뭐, 물리적인 거리가 크게 상관이 있을 것 같진 않은데 그래도 시간을 번다는 게 중요하니까요.”

“그 방법, 또 쓸 수는 없습니까?”

나는 조심스레 물었다.

“이런 눈속임은 한 번이 다랬어요. 외할머니가.”

내 기대와는 다른 대답이었다. 물론 예상과는 딱 맞는 대답이기도 했다. 결국 해결책은 저주 자체를 풀어 내는 데 있었다.

“날이 밝자마자 K시로 갈 거예요.”

“K시요?”

“네. 흉담이 탄생한 곳이 그 도시인 것 같아요.”

나는 그렇게 말하며 강 선배가 알려준 정보를 공유했다. 그러고 내가 떠올린 기생충 이야기도 살짝 덧붙였다.

“음…… 알겠어요. 내일 아침 7시까지 댁으로 갈게요. 제 차로 함께 가죠, K시로.”

“좋습니다. 고마워요.”

전화를 끊기 전 차미조가 재빨리 덧붙였다.

"그래도 문단속 잘하고 주무세요."

나는 말 잘 듣는 아이처럼 현관으로 가 걸쇠도 이중으로 걸고, 창문의 잠금 상태도 일일이 확인했다. 4층 창문을 통해 무언가가 들어올 것 같지 않다고 생각하다가 차문수 교수의 집을 떠올렸다. 11층인 그곳의 베란다 창문이 조금 열려 있지 않았던가. 그 정도면 기생충이 드나들기에 충분했으리라.

어두웠다. 그리고 좁았다. 그 비좁은 공간 어딘가에 내 무의식이 둥둥 떠 있었다. 육체는 없지만 서늘한 기운은 그대로 느낄 수 있었다. 게다가 한기는 점점 짙어졌다. 무언가가 다가온다는 걸 직감했다.

찌익. 찌익. 찌익.

그런 소리가 들렸다. 축축한 피부가 철제 바닥을 밟으며 조금씩 가까워지는 소리였다. 다가오는 그것, 해치러 오는 그 존재는 내 위치를 알았다. 그랬기에 거침이 없었다.

덜컹.

찌익 소리가 멈추더니 거칠게 문을 흔드는 소리로 바뀌었다. 냉기는 더욱 짙어져 좁은 공간 안에 휘몰아쳤다. 나는 문틈으로 그것이 내뿜는 사악한 기운이 스멀스멀 기어 들어온다는 걸 알아챘다. 더럭 겁이 났다. 악의는 너무나 선명했고, 난폭한 적의는 간담을 서늘하게 만들었다. 결국 문이 열렸다. 그것이 역광을 받으며 서 있었다. 불그스름한 달빛 아래 비쩍 마른 기다란 팔다리와 둥근 몸통이 또렷하게 보였다. 그것이 꿈틀거리며 안으로 들어왔다. 새까만 피부에 누리끼리한 눈동자, 아무렇게나 빚어놓은 듯한 코와 입은 차문수 교수를 빼닮았다. 닮지 않아야 하는 서로 다른 요소가 모여 닮은 무언가를 만들어낸 모습은 실로 끔찍했다. 악귀 차문수는 거미 다리처럼 길고 가느다란 손을 뻗어 쓰레기통을 뒤졌다. 나는 그 모든 광경을 스크린으로 영화를 보듯 지켜보고 있었다. 악귀는 곧 내 제웅을 찾아냈다. 속았다는 걸 알았는지 악귀가 분노에 찬 괴성을 내지르며 제웅을 갈가리 찢었다. 나는 스크린 너머에서 헉, 하고 바람 빠지는 소리를 냈다. 아무

리 가짜였다고는 하지만, 내 행세를 했던 제웅이 그야
말로 뜯겨나가는 모습을 보는 건 고통스러운 일이었
다. 그때였다. KTX의 좁은 화장실에 구겨져 있던 악귀
가 뭔가를 깨달았다는 듯 천천히 고개를 돌렸다. 그것
은 탁한 눈알을 이리저리 굴리며 어둠이 덮인 허공을
보다가 이내 미소 지었다. 그 끔찍한 표정은, 미소 외에
는 달리 표현할 길이 없었다. 얇고 가느다란 입술을 말
아 올리는 동시에 악귀가 나를 바라봤다. 스크린 밖에
서 보고 있던 나와 눈이 딱 마주쳤다.

들켰다!

그걸 깨닫는 순간 나도 모르게 비명이 터져 나왔다.

"으악!"

"아이고, 작가님. 진정하세요."

나는 거칠게 숨을 몰아쉬며 사방을 둘러봤다. 병원
이었다. 응급실이라는 건 어렵지 않게 알아볼 수 있었
다. 다만 내가 왜 응급실에서 눈을 뜬 건지, 그리고 내
옆에 왜 발람이 서 있는 건지는 전혀 기억이 나지 않
았다. 팔에는 링거가 꽂혀 있었고, 두 다리는 맨발이

었다. 더럽혀진 것으로 봐서 신발을 안 신은 채 여기로 온 건가 싶었다. 그나마 핸드폰은 챙겨 왔는지 주머니가 불룩했다. 꺼내서 확인하자 막 자정을 넘겨 날이 바뀌어 있었다. 그래서 그런가…….

"발람 씨가 어떻게 여길?"

멍하니 그렇게 물었다. 발람은 눈을 크게 뜨더니 나를 향해 되물었다.

"전혀 기억 안 나세요?"

"네……."

"작가님이 저한테 전화하셨잖아요. 그러고는…….."

"설마, 제가 흉담을 꺼내진 않았죠?"

그 질문을 던지면서도 심장이 벌렁거렸다. 빌어먹을 기생충이 결국 내 머리를 이상하게 만들어 여기저기 전화를 돌린 건 아닐까?

"아뇨. 그 애긴 하면 안 된다고 하셨어요. 근데 저를 꼭 만나야겠다고 하셔서 제가 어디냐고 물었더니 그 때부터 횡설수설하시더라고요. 놀라서 몇 번이고 물었더니 제가 일하는 PC방 근처에 계시더라고요. 집에 있다가 거기로 달려갔죠. 순간 작가님 보고 미친 건가 싶었어요. 맨발에, 눈에는 초점도 없고. 그러다가 푹 기절하는 바람에 구급차까지 불렀다니까요."

하나도 기억나지 않았다. 차미조가 내 제웅을 부산행 KTX 화장실에 버렸다고 이야기했다. 그 통화 내용은 떠올랐다. K시에 가야 한다고 결론 내렸던 것도 생각났다. 문제는 그 후였다. 왜 발람에게 전화했고, 무슨 이유로 신발도 신지 않은 채 바깥을 돌아다닌 걸까?

"저…… 내가 뭐라고 했습니까?"

나는 발람을 향해 물었다. 그는 머리를 긁적이며 대답했다.

"대부분은, 미안합니다 같은 헛소리였는데…… 그래도 거듭 묻던 게 있었어요. 저주와 등가교환에 대해서. 강력한 저주일수록 그 법칙이 더 엄격히 작용하는 게 아닌지 물었어요."

"그러고요?"

"그러곤 뭐, 작가님 몸에 기생충이 들어왔다나 뭐라나…… 그게 작가님을 물가로 데려가려고 한다고 도와달라고 그런 이야길 했어요.”

“도와준 건 정말 감사합니다.”

“근데 정말 괜찮으세요? 흉담, 들으신 거죠?”

“네.”

나는 천천히 고개를 끄덕였다.

“들려주실 수 있어요? 물론 흉담은 말고. 어떤 일이 있었는지.”

“그래요. 찬찬히 되짚어보는 편이 나한테도 도움이 되겠어요.”

발람은 보조 침대에 앉았다. 나는 침대에서 반쯤 일어났다. 응급실은 꽤 부산했고 누구도 우리에게 관심을 주지 않았다. 그럼에도 목소리를 낮춰 거의 속삭이듯 말했다.

“발람 님과 헤어지고 난 뒤…….”

“정후라고 하세요.”

“네?”

“박정후. 제 이름이에요. 그냥 정후라고 부르세요.”

발람, 아니 정후는 씩 웃으며 말했다. 나는 알겠다는

뜻으로 고개를 한 번 끄덕했다. 그러고는 차미조와 함께 밝혀낸 사실 몇 가지와 내가 육모돈을 만난 이야기를 들려주었다. 흉담에 관해서도 내용만 빼고 아는 정보는 모두 이야기했다. 가만히 듣고 있던 정후는 내 말이 끝나자 입을 열었다.

"통화 목록 확인해보세요."

"네?"

"저 말고 다른 사람에게 전화하진 않았는지."

"아!"

무슨 의미인지 깨닫고 서둘러 핸드폰 통화 목록을 확인했다. 다행히 발람이 맨 위를 차지하고 있었다. 그 다음은 차미조였다. 나는 핸드폰 화면을 정후에게 보여줬다.

"아무에게나 건 게 아니라 딱 저한테만 전화하셨네요. 그러고 절 만나려 했고. 그렇다는 건 목적이 있었다는 거고, 그게 등가교환과 관련한 의문이었나 봐요."

"맞을 거예요. 지금도 그게 궁금하거든요. 제가 알기론 저주가 강력할수록 저주를 실행하는 자가 치르는 대가도 그만큼 크다는데, 흉담의 대가는 아직 확실하지 않거든요."

"작가님은 흉담을 처음 만들어낸 사람에 대해 이야기하는 거죠?"

정후가 물었다.

"네. 흉담의 저주는 매우 강력해요. 그건…… 제가 장담할 수 있어요. 하지만 여전히 이해하기 힘든 점도 있어요. 단지 이야기를 듣는 것만으로 악귀가 찾아와서 죽인다? 불특정 다수를 향한 그런 저주가 가능한 겁니까? 아무런 대가도 치르지 않았는데?"

정후는 생각을 정리하듯 작게 한숨을 한 번 쉬더니 이내 입을 열었다.

"언령이라는 단어, 잘 아실 겁니다. 주문이나 진언, 뭐라고 불러도 의미는 같죠. 말 자체에 힘이 있다는 데에서 출발하는 거니까요. 말이라는 건 좋은 쪽으로든 나쁜 쪽으로든 분명히 그 힘을 발휘하죠. 굳이 여러 사례를 끌어올 필요도 없어요. 상대방의 감정을 상하게 하는 가장 쉽고 강력한 방법이 기분 나쁜 말을 던지는 거니까. 일전에 말씀드린 것처럼 흉담이라는 그 이야기 자체가 일종의 주문일지도 모르겠네요."

"주문……."

"저주를 발동하는 주문, 악귀를 움직이게 하는 주문. 그러니 작가님이 말한 그런 일이 생기는 겁니다."

거기까지 말하고 정후가 화장실에 간 사이 나는 다시 침대에 누웠다. 힘이 없어 계속 앉아 있기가 어려웠다. 거기에 더해 한기까지 들었다. 이불을 뒤집어썼지만 몸은 따뜻해지지 않았다. 왼쪽 어깨가 뻐근하고 시렸다.

"젠장."

나도 모르게 그 말을 뱉고는 눈을 감았다. 정신을 잃었던 와중에 마주친 악귀의 눈빛이 너무나 강렬하고 생생해서 오히려 더 현실감이 없었다.

현실감이라…….

새삼 현실이 무엇인지 고민했다. 나는 귀신이니 심령 현상이니 하는 걸 믿었다. 그것이 어떻게 실재하고 어떤 식으로 작동하는지는 몰라도 분명히 나름의 법칙 속에서 존재한다고, 그렇게 생각했다. 하지만 진짜 본 적은 없었다. 그럴 법한 경험이 몇 번 겪긴 했지만, 언제나 아슬아슬하게 비껴 나갔다. 결국 나는 한 번도 본 적 없는 존재와 세계를 오직 믿음만으로 써나가는 신세가 됐다. 물론 기이하면서 괴이한 일을 겪기도 했고, 각종 섬뜩한 이야기와 목격담을 수집하기도 했다. 그럼에도 나는 핵심에 다다르지 못했다는 갈증을 늘 품고 있었다.

그랬는데…… 그 비밀은 너무나도 갑자기, 그리고 우악스럽게 나를 향해 본모습을 드러냈다.

흉담이라는 저주를 통해서.

그렇게 마주한 진실은 흉포했다. 나는 비로소 깨달았다. 그동안 내가 겉치레로 믿는다고 이야기해왔음을. 지금껏 귀신이 등장하고 여러 영적 현상이 난무하는 소설을 써왔던 건 그 세계를 제대로 모르고 잘 알지도 못했기에 가능한 일이었다. 연가시가 나를 물가로 인도한 지금에야 알게 됐다. 악귀가 입을 쩍 벌리고 있는 죽음의 가장자리에 선 이제야 확실히 깨우쳤다. 나는 진실을 받아들일 준비가 전혀 안 되어 있었다. 현실감 없는 이 일이 실은 가장 현실적이라는 사실을 인정하지 않으면 나는 이 위기에서 벗어날 수 없었다. 정말로 그랬다. 악귀는 자기가 속았다는 걸 눈치챘다. 두 번 다시 얕은수는 통하지 않으리라. 그렇다는 건 정말 하루도 채 남지 않았다는 뜻이었다. 흥담의 저주에 얽힌 비밀을 풀지 못한다면…… 나는, 필히 죽는다.

"괜찮으세요?"

화장실에서 돌아온 정후가 내게 물었다. 나는 머리 끝까지 뒤집어썼던 이불을 내리며 말했다.

"죽고 싶지 않습니다."

간신히, 눈물을 쏟아내는 일만은 면했다.

정후는 택시를 불러 내 퇴원을 도왔다. 집까지 따라와준 그는 너무나도 자연스럽게 소파에 옆으로 누웠다.

"차미조 씨랑 K시 가는 거 7시라고 하셨죠? 그때 깨워주세요."

"아! 같이 가시게요?"

내 물음에 정후는 당연하다는 듯 대답했다.

"이렇게 된 마당에 빠질 순 없죠."

"고마워요."

나는 진심으로 그렇게 말했다. 일방적으로 폐를 끼친 내게 정후는 오히려 도움의 손길을 내밀었다.

"뭘요. 오프라인에서 제 얘기 진지하게 들어주는 사람 작가님이 처음이었거든요. 그래서 보답하는 거고, 위험할 것 같으면 바로 도망칠 테니까 알아두세요."

정후는 그 말을 남긴 뒤 벽 쪽으로 돌아누웠다. 나는 방해하지 않으려고 조용히 내 방으로 향했다. 다시 눕고픈 마음은 없었다. 죽음이 다가오고 있는 마당에 시간을 그냥 흘려보내는 건 안 될 일이었다.

"K시……."

나는 포털 사이트에 접속해 'K시, 의사, 살인'이라고 키워드를 넣고 검색했다. K시가 아무리 소도시라 해도 무작정 가서 아무 곳이나 뒤질 순 없었다. 검색은 금세 끝났다. 관련 기사가 여럿 뜬 거에 더해 한 보도 프로그램이 사건의 내막을 취재한 영상이 유튜브에 올라와 있었다. 17분 정도의 길이였다. 나는 그 영상을 클릭했다.

'누가 그를 죽였는가?'라는 제목이 달린 영상 속 내용은 대부분 내가 아는 것들이었다. 평소와 다름없이 퇴근한 암 전문의 유 박사가 끔찍한 사체로 발견된 건 4월 7일 오전이었다. 연락 없이 출근하지 않아 병원에서 사람을 보냈고, 경찰과 경비원의 동행하에 문을 강제로 열었더니 유 박사는 이미 죽어 있었다. 온몸에 할퀸 자국이 가득하고 공포에 질린 얼굴이 딱딱하게 굳은 끔찍한 모습으로. 방송에서는 당연히 살인에 무게를 둔 채 조사해나갔는데 나는 유 박사의 주변 인물 인터뷰를 보다가 영상을 멈췄다. 아는 남자가 등장했다. 모자이크 처리를 했지만, 자세와 입은 옷만 봐도 육모돈이 틀림없었다. 그는 고개를 외로 꼰 채 카메라를 보지 않고 말했다.

"선생님이 환자들 사이에선 평가가 좀 갈렸어요. 시원시원하다고 좋아하는 사람도 있고, 함부로 말한다고 싫어하는 사람도 있고."

스치듯 지나간 인터뷰지만 나는 그걸 통해 많은 걸 추측해볼 수 있었다. 육모돈은 유 박사라는 의사에게 진료받았다. 그는 아마 후자 쪽, 그러니까 싫어하는 환자 부류였을 터. 그래서 일부러 유 박사에게 흉담을 들려준 게 분명했다. 나머지 한 사람, 죽은 무당에 관한 건 기사도 없었다. 어쨌든 육모돈이 흉담을 들은 건 4월 6일이라고 짐작할 수 있었다. 그는 저주의 법칙을 그대로 따랐다. 의사와 무속인에게 흉담을 전한 것이다. 하지만 이야기를 들은 둘은 무시했거나, 믿지 않았거나 어떤 이유에서든 다른 이에게 흉담을 들려주지 않았다. 그래서…… 죽었다. 또한 그랬기에 저주의 사슬은 끊어졌다.

"하지만 다시 이어졌지."

아니, 이어질 뻔했다. 차문수 교수가 통화에 성공했다면, 내가 누군가에게 흉담을 얘기했다면 흉담은 지금쯤 걷잡을 수 없이 퍼져나가고 있으리라. 물론 방심할 수는 없었다. 육모돈이 다른 이에게도 흉담을 들려줬을 가능성을 배제하면 안 되니까. 또 하나, 육모돈

외의 인물이 흉담을 퍼뜨리려 할 수도 있다. 그렇다면 흉담의 저주는 계속 생명력을 지닌 채 이 사람에게서 저 사람에게로 옮아간다. 그걸 막기 위해서는 역시 근원을 제거하는 게 가장 좋은 방법이었다. 내가 살기 위해서라도.

나는 느낄 수 있었다. 숙주인 나를 마음대로 하기 위해 점점 몸피를 불려가는 내 안의 저주를. 마지막 순간이 닥쳐왔을 때, 악귀가 코앞에 왔을 때도 숭고한 척 위선을 떨진 못하리라. 아마…… 전화를 하겠지. 무슨 거짓말을 해서라도 흉담을 듣게 만들겠지. 최후의 순간, 차문수 교수가 그러려고 했던 것처럼.

검색하고 생각하고, 또 검색하고를 반복하다 보니 어느새 새벽이 지나 아침이 되었다. 창문으로 아침 햇살이 비쳐 들어오자 비로소 하룻밤을 잘 넘겼다는 게 실감이 났다. 반대로 다가오는 자정을 벌써 걱정하게 되었다. 여전히 내게 남은 시간은 얼마 없었고, K시라는 낯선 곳으로 가야 했으며, 설상가상 그곳에서 흉담의 근원을 찾아야 했다. 그 모든 게 자정 전까지, 악귀가 다시 나타나기 전까지 가능할까? 나는 일단 핸드폰 알람을 자정에 맞췄다. 알람이 울리는 걸 살아서 듣고 싶다고 생각하면서.

차미조는 정확히 6시 반에 찾아왔다. 나는 이미 모든 준비를 마친 상태였고, 정후는 막 세수를 끝내고 화장실에서 나오던 참이었다.

"이 저주 전문가님도 같이 가는 건가요?"

차미조가 눈으로는 정후를 보면서 나를 향해 물었다.

"네. 정후 씨 덕분에 제가 목숨을 구했습니다."

나는 차미조와 헤어진 후 벌어졌던 일을 짧게 설명했다. 내 말이 끝나기를 기다리던 정후는 차미조에게 손을 내밀었다.

"이제 동료니까 발람 말고 정후라고 불러주세요."

"아…… 네."

차미조는 대충 고개를 끄덕였고, 악수는 하지 않았다. 정후는 딱히 개의치 않는 눈치였다.

"지금 출발할까요? K시까지 가는 것만 해도 꽤 시간이 걸릴 테니."

내 말에 차미조가 다시 물었다.

"죽은 의사가 근무했다는 종합병원부터 가보려고요. 육모돈이 거기서 진료받았다는 건 확실하니까."

"알았어요. 내려가서 차에 타요, 두 사람 모두. 전 외할머니가 챙겨 준 이런저런 도구를 잔뜩 가져왔어요."

우리는 정확히 6시 50분이 됐을 때 차미조의 지프에 올랐다. 내가 조수석에 타고, 정후가 뒷좌석에 혼자 앉았다. 차미조는 기다렸다는 듯 시동을 켜고 새벽 거리로 달려 나갔다. 아직 출근 시간 전이라 그런지 도로에는 차가 그리 많지 않았다. 지프는 내비게이션 안내에 따라 거침없이 질주했다. 뒷좌석에 앉은 정후가 슬그머니 안전띠를 맸다. 물론 나는 일찌감치 조수석 손잡이를 붙들고 있었다.

돌발 상황이 발생한 건 막 고속도로로 진입하려던 때였다. 하이패스 차선으로 달리던 차미조의 지프가 크게 흔들리더니 갑자기 옆 차선으로 튕기듯 끼어들었다.

"뭐 하는 겁니까?"

내가 놀라서 소리치자 차미조는 운전대를 필사적으로 쥔 채 대답했다.

"내가 하는 거 아니에요!"

무심코 달려오던 차들이 요란한 소리를 내며 멈춰 섰다. 지프는 요금소와 거의 부딪힐 듯 달리다가 간신히 균형을 잡았다. 이후 지프는 10여 미터를 더 달려간 후 갓길에서 멈췄다. 차 안에는 침묵만 맴돌았다. 차미조는 운전대를 꽉 쥐고 있었다. 그의 어깨가 거칠게 오르내렸다. 나는 힘을 꽉 준 다리를 슬며시 뻗으며 놀란 가슴을 진정시켰다.

"이러다가 무사히 갈 수 있겠어요?"

뒤에서 정후가 물었다. 생기가 빠져나간 목소리였다.

"이건 경고지, 날 진짜 죽이려던 건 아닐 거예요."

내 이야기에 차미조가 말없이 돌아봤다. 나는 덧붙였다.

"나한테 깃든 저주는 기생충 같다고 했죠? 기생충이 가장 원치 않는 건 숙주가 허무하게 죽는 겁니다. 흥담의 저주는 제가 겁에 질려 다른 사람에게 그걸 전하기를 원할 거예요. 그때까지는 살려두려 할 겁니다.”

“음…… 무슨 말인지 이해는 했는데, 그게 우리 둘한텐 해당이 안 되는 거니까.”

정후가 말한 우리 둘은 자기와 차미조였다.

“아무튼, 다시 출발할게요.”

이번에는 차미조가 말했다.

그때였다. 낯선 번호로 내게 전화가 걸려왔다. ‘02’로 시작되는 번호라 스팸인가 싶었지만, 왠지 받아야 할 것 같았다. 나는 조심스레 핸드폰을 귀에 가져다 댔다.

“여보세요?”

“전건우 씨 되시나요?”

상대방은 여성이었고, 그 역시 조심스러운 투로 물었다.

“네. 맞습니다만, 누구시죠?”

“여긴 ○○병원이고, 저는 암 병동 수간호사입니다.”

“그, 그런데요?”

짚이는 게 있었지만 섣불리 묻진 않았다. 그리 오래 기다릴 것도 없이 수간호사는 바로 목적을 밝혔다.

"육모돈 씨와 아는 사이시죠? 육모돈 씨가 돌아가셨습니다."

"아……."

예상은 했어도 실제로 듣는 누군가의 사망 소식은 그 무게가 달랐다. 나를 죽음으로 내몰려 했던 이가 죽었다. 그럼에도 마냥 기쁘지만은 않았다. 육모돈의 죽음 뒤에는 채 뒤처리가 덜 된 찜찜함이 그대로 남아 있었다.

"응급실에서 병동으로 옮기고 하루 만에 돌아가셨는데, 이분이 전건우 씨 앞으로 남긴 일종의 유언 같은 게 있어서요."

"유언이요?"

이건 예상 밖의 전개였다.

"임종 전, 의식이 있던 때 마지막 부탁이라며 본인 핸드폰에 메모한 유언과 전건우 씨 연락처를 저희에게 알려주셨어요."

"유언 내용이 뭡니까?"

내 물음에 수간호사는 주저하더니 이렇게 말했다.

"이걸 제가 읽어드리기가 좀 난감해서요, 혹시 메시지로 보내드려도 될까요?"

무슨 내용인지는 몰라도 수간호사는 조금은 겁을 먹은 듯했다. 목소리 끝이 파르르 떨렸다. 나는 알겠다고 했다.

"그럼, 메시지로 부탁드립니다."

전화를 끊고 잠시 후, 메시지가 날아왔다. 나는 바로 메시지를 확인했다. 무슨 내용일지 몰라 신경이 쓰였지만, 그 작자가 남긴 마지막 말이 너무나도 궁금했기에 오히려 주저하지 않고 읽어 내려갈 수 있었다.

전건우 작가님. 내 목숨은 얼마 남지 않았소. 당신이 이걸 읽는다면, 난 이미 죽었겠지. 그리고 당신이 이걸 무사히 읽는다면 아마 저주의 법칙을 그대로 따랐을 테고. 흉담을 처음 들었을 땐 나도 믿지 않았지만, 조금 있으니 사실이란 걸 알겠더군요. 그래서 둘을 골랐습니다. 건방진 의사와 평소 앙심을 품던 무당에게 흉담을 들려준 거죠. 그런데 그때는 흉담에서 벗어나는 방법을 일부러 말해주지 않았어요. 그 둘은 꼭 죽기를 바랐고, 흉담이 정말로 그런 힘을 지닌 저주인지 확인하고 싶었거든요. 그런데 맞더군요. 나는 기뻤습니다. 내 목숨이 붙어 있는 한, 나는 언제든 이야기 하나만으로 사람의 생명을 뺏을 수 있게 된 거니까요. 그래요. 사신이 된 기분이었습니다. 흉담의 진짜 재미있는 점이 뭔지 아시오? 그건 그 저주에서 벗어난 이는 무한정 누군가를 저주할 수 있다는 거요. 나는 그런 존재가 되고 싶었지만…… 병마가 날 놔주질 않는군요. 당신이 생존했다는 가정하에 비밀 하나를 가르쳐 주겠소. 내 집으로 가시오. 거기로 가면 어떻게 해야 하는지 알 거요.

나는 차 안의 두 사람에게 메시지 내용을 들려주었다.

"이러고 주소가 써 있네요."

"죽음 직전에 작가님에게 알리고 싶었던 내용이 뭘까요?"

정후가 물었다.

"그게 뭐든 다른 사람에게 알려져선 안 되는 걸 거예요. 그러니 정작 그 내용은 안 남겼죠."

차미조의 지적은 날카로웠다.

"그러게요. 어쨌든 목적지가 생겼으니 K시에 도착하면 여기로 바로 가죠."

내 말에 차미조가 대답했다.

"알았어요. 내비 찍어주세요."

저주의 비밀

제대로 못 잤지만 졸음이 쏟아지진 않았다. 오히려 고속도로를 달릴수록 정신이 말똥해졌다. 반면 정후는 꾸벅꾸벅 졸고 있었다. 그 태평한 신경이 부럽기도 했다. 하긴 정후는 내게 말로만 들었을 뿐이다. 뭔가 본 것도 아니고, 차미조처럼 기운을 느끼지도 못한다. 어쩌면 이 순간 가장 논리적이고 이성적으로 사고할 수 있는 사람은 정후뿐일지도 모를 일이었다.

"어젯밤 외할머니가 제 말을 듣더니 딱 그러셨어요. 악독한 게 붙었다고. 용한 무당이라도 악귀와 가깝게 지내는 이는 거의 없대요. 기껏해야 도깨비와 어울릴 뿐이지. 하지만 여전히 어둠 속에서 살며 남을 저주하는 걸 업으로 삼는 무당이라면 악귀를 부릴 수도 있지 않겠느냐고 하시더라고요. 다만 악귀 하나를 만들어 내기 위해 치러야 할 대가가 너무 큰데 요즘 세상에 그런 건 가능하지 않다고 딱 잘라 말하셨죠."

차미조의 말에 나는 고개를 끄덕였다.

"내용을 다 말씀드릴 순 없지만, 흉담에도 그 부분이 나옵니다. 어떻게 악귀를 만들어냈는지. 다수의 목숨을 바쳐야 했어요. 요즘엔 그런 방법을 쓸 수 없죠. 그래서 전 적어도 흉담이라는 게 조선 시대쯤에 만들어진 저주가 아닐까 생각합니다."

"그러면…… 명맥이 끊겼거나 사라졌던 저주, 그러니까 흉담을 육모돈 그 사람이 찾아냈다는 거네요?"

"그렇게 볼 수도 있죠. 어쨌든 이번 흉담은 그로부터 시작된 거니까."

"육모돈의 집, 거기에 가면 뭐든 좀 더 알 수 있겠죠."

"네. 그러길 바라야죠."

나는 그 말을 끝으로 조수석에 몸을 깊이 파묻었다.

그때 아는 편집자가 메시지를 보내왔다. 마감이 하루 남았는데 원고는 잘 마무리되고 있느냐는 내용이었다. 그걸 보자 나도 모르게 피식 웃음이 새어 나왔다. 일련의 사건을 겪으며 마무리는커녕 중간까지 쓰고 멈춘 상태였다. 그렇다고 해서 언제 죽을지 몰라 마감을 못 하겠다고 할 수는 없는 노릇이었다. 그 메시지를 보자 비로소 현실감이 들었고, 그랬기에 간신히 누르고 있던 두려움이 슬그머니 고개를 들었다.

정말로…… 이렇게 죽는 걸까?

눈을 감은 채 슬며시 입술을 깨물었다. 유서라도 한 장 써둘 걸 그랬나 싶었다. 남기고 물려줄 재산도 없지만 최후의 순간에 후회하고 싶지도 않았다. 핸드폰 메모장을 열고 '유서'라는 제목을 적은 뒤 한참 내려다봤다. 막상 그러고 보니 쓸 말이 떠오르지 않았다. 계속 제목만 보고 있는데 뒤에서 정후의 목소리가 날아들었다.

"저주는 원한의 크기에 비례한다는 말이 있어요. 미워하고 원망하는 마음이 클수록 그걸 자양분 삼아 저

주의 힘도 커지죠. 흉담을 만들어낸 사람은 아마 엄청
난 분노를 품었을 거예요. 다만 그 분노가 왜 불특정
다수에게로 향하는지는 더 알아봐야겠지만."

"자는 거 아니었어요?"

나는 뒤를 돌아보며 물었다. 정후는 어깨를 으쓱하
며 대답했다.

"생각하고 있었죠. 명상."

능청스러운 그 대답에 헛웃음이 나왔다.

"정후 씨는 언제부터 저주에 관심을 가지게 된 거예
요? 계기가 있었을 텐데."

차미조가 룸미러로 정후를 보며 물었다.

"아! 뭐, 별건 아니었어요. 제가 학생 때 왕따를 심하
게 당했거든요. 매일 맞고 돈 뺏기고 온갖 더러운 심부
름 다 하고……. 근데 힘이 약하니까 반격을 못 하겠더
라고요. 그래서 연구하고 공부했죠. 일진 새끼들 모두
저주로 어떻게 해볼 수 있지 않을까 해서요. 시립 도서
관까지 가서 온갖 책 다 뒤지고, 히브리어까지 배우면
서 고대 주술을 공부하고, 아무튼 그러다 보니까 어느

새 재미를 느끼고 있는 자신을 발견했죠. 파면 팔수록 신기하고 재밌는 거죠. 이쪽 세계가. 그러다가 결국 이렇게 방구석 전문가가 된 거고요. 하하."

"그래서…… 그 일진 무리는 어떻게 됐어요?"

차미조가 다시 물었다. 정후는 잠시 망설이는 듯하더니 왼손 소맷자락을 올려서 맨살을 보여줬다. 그러고 보니 정후는 늘 긴팔옷만 입고 있었다. 나는 고개를 돌려 정후의 왼팔을 봤다. 거기엔 흉측한 화상 흉터가 자리하고 있었다. 차미조도 룸미러로 그 흉터를 봤다. 정후는 씩 웃으며 말했다.

"둘은 죽고, 다른 둘은 영영 맨얼굴로는 살 수 없게 됐어요."

"네? 진짜……."

너무나도 태연하게 말하는 정후를 향해 나도 모르게 물었다. 정후는 과거를 떠올리듯 멍하니 한곳을 보며 말했다.

"저주했어요. 그놈들 모두. 불에 타 죽었으면 했고, 그러자면 등가교환이 필수였죠. 티베트에서 내려오는 저주의 방법을 써서 제 팔에 진언을 새겨 넣은 뒤 태웠어요. 그리고 얼마 후 놈들은 훔친 차를 타고 달리다가 사고를 일으켰어요. 둘은 불에 완전히 타 죽고, 나머지 둘은 화상 흉터를 단 채 병원 신세를 질 수밖에 없게 됐죠. 전 더는 괴롭힘받지 않고 졸업했어요. 그래도 발람으로 활동하는 건 그만두지 않았죠."

"그래서 만족했나요? 저주가 통한 거잖아요."

차미조의 말에 정후는 고개를 저으며 한마디를 덧붙였다.

"아뇨. 만족하진 않았어요. 전 넷 다 죽었으면 했거든요."

K시까지는 멀었다. 중간에 휴게소에 한 번 들르긴 했지만 그걸 빼고도 꼬박 네 시간 30분이 걸렸다. K시에 진입하고도 육모돈이 알려준 주소지까지는 30분 이상을 더 달려야 했다. 결국 정오를 한참 지나서야 목적지에 도착했다. 그나마도 휴게소에서 식사를 대충 때웠기에 몇십 분이라도 절약할 수 있었다. 내게는 그

시간이 더할 나위 없이 수중했고, 맒은 안 해도 두 사
람 역시 아는 눈치였다. 자정 전에 모든 걸 해결해야
한다. 그렇지 않으면…… 이번에야말로 죽는다. 죽음
이 째깍째깍 소리를 내며 다가오고 있는 걸 나는 느꼈
다. 입 밖으로 꺼내지는 않았지만, 초조하고 또 초조
했다.

"도착했네요."

차미조는 그 말과 함께 녹슨 철제 대문 앞에 지프를
세웠다. 막 조수석 문을 열고 나가려는데 빗방울이 떨
어지기 시작했다. 그것만이 아니었다. 먹구름이 어딘
가에서 갑자기 튀어나온 듯 삽시간에 주위가 어두워
졌다.

"오늘 비 소식 없었는데……."

차창을 때리는 빗방울을 보며 차미조가 중얼거렸다.

"이 정도 분위기는 나야죠."

나는 애써 태연한 척 말하며 차에서 내렸다. 비는
은근히 찼다. 먹구름은 점점 짙어지며 범위를 넓혀갔
다. 5월의 싱그러운 풍경은 온데간데없고 사위는 전부

회색이었다. 예고 없이 찾아온 비지만, 이대로 몇 방울 찔끔 흘리고 가지는 않으리라는 건 확실해 보였다. 무진장 쏟아질 것이다. 내가 이 빌어먹을 이야기를 쓰는 사람이라면 분명히 뻔하지만 확실한 그런 요소를 넣었을 테니까.

우리는 비를 그대로 맞으며 육모돈의 집 대문 앞에 섰다. 대문 옆에는 '현인철학관'이라고 새겨 넣은 간판이 길쭉하게 달려 있었다. 이 집이라는 건 확실해 보였다. 대문은 잠겨 있지 않았다. 내가 살며시 밀자 아무런 저항 없이 열렸다. 대문과 본채 사이는 자갈밭으로 되어 있었다. 비에 막 젖어가는 작은 돌멩이를 밟으며 덩그러니 선 양옥 건물로 향했다. 현관문은 아예 3분의 1쯤 열려 있었다. 이 정도면 육모돈이 일부러 잠그지 않았다고 의심할 만했다. 그랬기에 덫으로, 함정으로 향하는 느낌이 들었다. 나는 부질없다고 생각하면서도 집 안에 대고 물었다.

"계십니까?"

"아무도 없어요."

차미조는 성큼 안으로 들어가며 말했다 신발도 벗지 않았다. 그럴 만도 했다. 집 안은 난장판이었다. 거실 가구라 할 수 있는 소파와 책꽂이는 아무렇게나 바닥에 뒹굴었고, 액자도 떨어져 죄다 깨진 상태였다. 코를 찌르는 악취는 곳곳에 쌓인 쓰레기 더미에서 나는 것 같았다. 육모돈이 집 안을 이 꼴로 만들었다면 그 자체로 제정신이 아닐 것이고, 이런 곳에서 살기까지 했다면 정신 상태를 더욱 의심해봐야 할 정도였다. 우리는 거실 입구에 서서 선뜻 들어가지 못한 채 망설였다. 호기롭게 신발을 신고 올라선 차미조도 머뭇거리기는 마찬가지였다. 그때였다. 뒤편에서 날 선 목소리가 들려왔다.

"누구요? 뭣들 해요?"

우리 셋은 동시에 고개를 돌렸다. 머리를 빠글빠글 볶은 할머니가 의심스럽다는 듯 우리를 노려보고 있었다.

"아! 저희는 육모돈 씨 의뢰로 뭘 좀 알아보러 왔습니다."

내가 할머니에게 다가가며 말했다. 그는 내 모습을 위아래로 훑었다.

"육모돈 그 양반, 지금 어디 있어요?"

"안타깝지만 돌아가셨습니다. 서울에서."

그 말을 하자마자 할머니는 혀를 끌끌 찼다.

"아이고, 자기 집을 저 꼴로 해놨으니 객사할 수밖에. 객사가 뭐 별거요? 연고도 없는 데서 죽는 게 객사지. 안 그래요?"

"육모돈 씨와 잘 아시는 사이였습니까?"

"알다마다! 바로 옆집에 사는 걸, 뭐. 그 노인네…… 가족도 다 떠나고 혼자서 철학관이니 뭐니 하면서 사는 게 불쌍해 보여서 내가 몇 번 찬도 가져다주고 그랬어요."

"그러면 각별한 사이였네요."

"각별은 무슨……. 그 영감이 워낙 특이하고 성격도 드세다 보니까 마을에도 친한 사람 하나 없었어. 철학관 한다면서 거드름은 잔뜩 피우지, 그러니 이 동네 노인들이 좋아할 리 있나. 혼자 고고한 학입네 하면서

다니는 모습에 뒤에서 욕하는 사람도 많았어요. 그러니 철학관이라고 어디 잘됐겠어? 안 그래도 옆 마을부터 여기까지 조 무당이 꽉 잡고 있는데. 이젠 그 여자도 죽긴 했지만……."

그 여자가 죽었다는 말에 나는 바로 사건을 떠올렸다. 의사와 같은 날 죽은 무속인.

"혹시 그 무당이 죽던 날 전후로 육모돈 씨가 이곳을 떠나지 않았습니까?"

내가 묻자 할머니는 크게 고개를 끄덕였다.

"맞아요. 그날인가, 그 전날인가부터 안 보이더라고. 근데 어쩌다 죽은 거요? 소문엔 큰 병에 걸렸다고 했거든. 살이 쫙쫙 빠지는 걸 내가 보기도 했고."

"저도 사인은 잘……. 지병이 있었다는 소리만 들었습니다."

할머니와의 대화를 슬슬 마무리하고 싶었다. 마침 집 안에서 차미조의 목소리가 들려왔다.

"작가님. 이거 보셔야겠는데요?"

"네!"

나는 안을 향해 소리친 뒤 할머니 쪽으로 고개를 돌렸다. 그 노인네는 사라지고 없었다. 분명히 마당까지 들어온 상태였는데. 대문을 지나 밖으로 나가려면 몇 걸음은 더 가야 하는데. 할머니가 연기처럼 사라졌다는 걸 깨달은 순간, 한 가지 의문이 떠올랐다. 할머니는 우산을 썼던가? 아니면 비를 맞은 채 그대로 서 있었던가?

찜찜함을 거두지 못한 상태로 차미조에게 다가갔다. 그는 안방 쪽에 서서 벽을 바라보고 있었다. 안으로 들어간 나는 차미조와 마찬가지로 멍하니 벽을 볼 수밖에 없었다. 안방 역시 잔뜩 어질러진 것과는 별개로 벽화라고 해야 할까, 아무튼 뒤쪽 벽을 가득 채운 그림은 무척 충격적이었다. 뒤늦게 달려온 정후도 비슷한 반응을 보였다.

"헉! 이, 이게 뭐래요?"

그건 내가 묻고 싶은 거였다. 벽지가 다 뜯겨나간 벽에는 수십, 아니 수백 명은 됨직한 사람들의 얼굴이 그려져 있었다. 잘 그린 그림은 아니었지만, 그 얼굴이 뿜어내는 공포와 긴장감, 그리고 혼란스러운 상태는 생생하게 잘 표현되어 있었다.

"이걸 다 육모돈이 그린 걸까요?"

차미조가 물었다.

"아니요. 확신할 순 없지만 여러 사람이 그린 것 같아요."

내 말에 정후가 대번에 물었다.

"어떻게 아세요?"

나는 그림 이곳저곳을 가리키며 대답했다.

"여기랑 여기, 표현법이 달라요. 이 얼굴이랑 또 이 얼굴은 각기 다른 소재로 그려졌고. 유화를 사용한 그림도 있고, 그냥 크레파스로 그린 것 같은 그림도 있어요. 다들 같은 표정, 그러니까…… 같은 감상을 느끼게 하는 표정을 하고 있어서 착각하기 쉬운데 자세히 보면 그림체도 다 달라요. 게다가 색감이 무척 바랬잖아요. 아주 오래전 그림이라는 거죠."

"그럼…… 이게 다 한 사람 작품이 아니라……."

"여러 사람, 아니 수십 명 이상이 여기에 그린 거예

요. 비슷한 표정의 초상화를. 그것도 꽤 옛날에.”

내가 말했다. 나머지 두 사람은 질린 표정으로 멍하니 벽화를 바라봤다. 그들도 알아챈 것이다. 이곳에 그림을 그린 사람은 모두 다른 인물이었고, 여기에 얼굴을 남긴 이들 모두 이미 죽었다는 것을.

“작가님 말처럼 꽤 오래전의 그림들이겠네요.”

차미조의 말대로 그림은 그것이 내뿜는 분위기와 기운과는 달리 무척 낡아 세월의 흐름을 고스란히 내보이고 있었다. 습기 때문인지 알아볼 수 없을 정도로 뭉개진 얼굴도 여럿이었다.

“수십 년은 됐을 것 같은데요.”

정후의 말에 나도 동의했다. 그나마 벽지로 가려놓았기에 이 정도일지도 모른다. 공기에 계속 노출되었더라면 훨씬 더 망가졌으리라.

“육모돈이 말했던 비밀이라는 게 이걸까요?”

“아니요. 이 정도를 비밀이라고 하진 않았을 겁니다.”

차미조의 물음에 나는 개인적인 바람을 담아 대답했다. 온통 쓰레기로 장식한 이 집에는 흉담을 해결할 만한 비밀이 숨겨져 있으리라. 적어도 흉담의 출처 정도는 나와야 이곳까지 온 보람이 있다. 무엇보다 여기서 아무런 소득도 못 얻는다면, 나는 죽는다. 이번에는 절대 피하지 못할 것이다.

"흩어져서 찾아보죠."

차미조가 말했고, 우리는 각기 다른 곳을 뒤지기로 했다. 정후가 거실을, 차미조가 안방을, 나는 작은방을 맡았다. 작은방에는 책이 가득했다. 책꽂이가 삼면에 서 있었고, 거기에 책이 한껏 들어찬 상태였다. 대부분 제목도 처음 들어보는 고서로 책장이 누렇게 바랠 정도로 오랜 세월을 자랑하고 있었다. 그나마 현대 문명의 느낌을 풍기는 건 싸구려 책상 위에 놓인 컴퓨터 본체와 모니터였다. 아마 육모돈은 그 앞에 머무는 시간이 가장 많았으리라. 컴퓨터에서 눈을 돌려 다시 책을 봤다. 여러 책을 한 권씩 들춰볼 시간은 없었다. 비는 이제 세차게 내리면서 소리로 그 존재감을 드러냈다. 방문 사이로 본 거실은 어두컴컴했다. 해가 저문 게 아닌데도 나는 엄청나게 초조했다. 시간은 착실히,

그리고 확실히 줄어들고 있었다. 죽음이 목뒤에 달라붙어 토해내는 서늘한 입김이 점점 더 짙어지는 기분이었다.

결국 나는 아무런 소득도 없이 작은방에서 나왔다. 거실에는 정후가 서 있었다. 그는 등을 돌린 채 멍하니 소파를 바라보고 있었다.

"거기 뭐가 있어요?"

정후는 대답이 없었다. 나는 조용히 다가가며 다시 물었다.

"뭘 찾은 거예요?"

여전히 아무런 대답도 하지 않은 채 정후가 고개를 돌렸다. 그는 딱딱하게 굳은 표정으로 나를 노려봤다. 눈 밑에 그늘이 가득했다. 반대로 눈동자는 형형하게 빛났다. 극명한 차이는 생기를 잃고 허옇게 변한 얼굴과 이상하리만큼 새빨간 입술에도 그대로 적용됐다. 정후는 그 빨간 입술을 말아 올리더니 진한 경북 사투리 억양으로 한마디를 뱉었다.

"둘을 데리고 와야지."

"정후 씨?"

나는 본능적으로 뒷걸음질 쳤다.

"두당 둘씩이라고 말했잖아. 들었지?"

정후는 고개를 주억거리며 내게로 다가왔다. 안경 너머의 눈은 벌겋게 충혈된 채로 번들거리고 있었다. 뭔가가 잘못됐다. 그 사실을 깨닫기까지 그리 긴 시간이 필요하지 않았다. 나는 등 뒤쪽 작은방까지의 거리를 계산했다. 바로 달려가 문을 닫는다면 정후가 달려드는 것보다 빠를 듯했다. 빗소리가 갑자기 커졌다. 그게 신호였다. 나는 등을 돌려 달렸다. 정후는 몸집에 어울리지 않게 재빨랐다. 작은방으로 들어가 미처 문을 닫기도 전에 정후가 나를 뒤에서 덮쳤다.

"윽!"

나는 나동그라지면서도 몸을 돌리는 데까지는 성공했다.

"너부터 죽자! 너부터 죽자! 너부터 죽자고!"

정후가 내 목을 조르며 소리쳤다. 한 손으로 그의 턱을 잡고 밀어내려 했지만 꿈쩍도 하지 않았다. 벌어진 정후의 입에서 침 한 줄기가 흘러내렸다. 필사적으로 주위를 더듬었다. 손에 뭔가가 닿았다. 단단하고 무게감이 있었다. 그걸 들어 정후의 얼굴을 쳤다. 효과가 있었다. 정후가 멍한 표정으로 휘청했다. 한 번 더 휘둘렀다. 퍽! 그런 소리가 울려 퍼졌다. 다시 정후의 얼굴을 가격했다. 퍽! 퍽! 퍽! 몇 번이고, 몇 번이고……

"그만해요!"

차미조의 외침에 나는 눈을 떴다. 나를 내려다보는 자세로 차미조가 눈앞에 있었다. 고개를 돌리니 정후가 내 왼팔을 꽉 붙들고 있었다. 왼손에 쥔 건 하드커버 노트였다.

"무, 무슨 일이죠?"

그렇게 묻는 것과 동시에 내가 거실 소파에 누워 있다는 걸 알아챘다. 빗소리는 계속 들렸다. 그새 시간이 많이 지났는지 더 어두컴컴해졌다.

"쿵 소리가 나서 작은방에 갔더니 작가님이 그 노트를 쥔 채 쓰러져 있었어요. 그래서 여기로 옮겼는데……"

"갑자기 작가님이 노트로 자기 얼굴을 때리기 시작
했어요!"

정후가 차미조의 뒤를 이어 말했다.

또 정신을 잃었다. 여전히 아무런 징후도 없었다. 보
이지 않는 손이 가위로 싹둑 자른 듯 필름이 끊어졌
다. 전후 기억이 전혀 떠오르지 않았다. 차미조가 강제
로 깨우기 전까지 나는 계속 무의식 속에 있었다. 거기
에서 정후를 공격 중이었다.

"얼마나 흐른 거죠? 시간……."

나는 차미조를 향해 물었다.

"쿵 소리 듣고 바로 달려갔고, 소파에 눕힌 지는 채
10분도 안 지났어요."

"놀라서 119 부르려고 하다가 작가님이 그래도 말을
계속해서……."

정후가 말끝을 흐렸다.

"제가 무슨 말을?"

"두당 둘씩 데려오라. 그 말을 반복했어요."

나는 정신을 잃었던 동안 겪었던 일을 들려줬다. 내

설명이 계속될수록 정후의 표정은 일그러졌다.

"그래서 그 노트를 휘두른 거네요?"

차미조가 내 왼손을 가리키며 물었다.

"아! 그렇죠. 물론 제 얼굴을 때린 거긴 하지만."

나는 멋쩍은 표정으로 말했다. 그러고 보니 노트 속 내용이 궁금했다. 뭔가 의미가 있었기에 기절하는 순간에도 손에 꽉 쥐고 있었을 테니까. 소파에서 일어나 노트를 펼쳤다. 차미조와 정후가 양옆으로 앉았다.

"일기 같은데 날짜는 안 적혀 있네요."

정후가 노트를 슬쩍 보며 말했다. 그 말 그대로였다. 노트에는 육모돈이 쓴 게 분명해 보이는 글씨가 적혀 있었다. 날짜는 없었다. 의식의 흐름으로 쓴 건지 사건 순서대로 쓴 건지 알 수 없었지만, 한 가지는 확실했다.

이것을 통해 흥담의 비밀에 조금은 접근할 수 있으리라.

오랜 습관을 바꾸기란 힘든 일이다. 교도소에서 매일 쓰던 게 일기라 여기 와서도 자연스레 펜을 들게 됐다.

명리학자라고 하면 무당처럼 앞날을 훤히 내다볼 거라고 오해하는데, 틀린 말이다. 내 마누라 배에 부엌칼을 꽂기 1분 전까지도 나는 내가 그럴 줄 몰랐다. 나는 흙이 많은 사주고, 마누라는 나무가 많은 사주로 서로 잘 어울릴 거라고 했지만, 그런 환상은 채 3년도 가지 않아 깨졌다.

그래도 배운 도둑질이 이 일이라 철학관을 열었다. 같은 경북이라도 연고가 전혀 없는 이 동네에 새로이 터를 잡은 건 내 과거가 발목을 잡을까 봐 걱정됐기 때문이다.

매일 밤 마누라가 나타난다. 피를 철철 흘리며 조용히 나를 노려보고 있다.

30년을 살다 나오니 모든 게 바뀌어 있었다. TV를 봐도 신기했고, 핸드폰이란 건 그야말로 깜짝 놀랄 물건이었다.

다들 편안하고 행복한 듯 보인다. 그게 꼴 보기 싫다.

가위에 눌리는 일이 잦다. 어둠 속에서 누군가가 날 보고 있다. 한 명이 아니다. 수십, 수백 개의 시선이다. 교도소에서는 이런 꿈은 꾸지 않았다. 오히려 이 집으로 왔을 때부터 악몽은 시작됐다. 터가 문제인가? 알아봐야겠다.

이상한 이야기를 들었다. 이 집이 들어선 건 거의 70년은 족히 넘었는데 지금껏 주거 용도로 사람이 산 적은 처음이라고 한다. 그렇다면 이곳은 누가, 무슨 이유로 이렇게 깨끗하게 관리한 걸까? 게다가 나는 헐값에 이 집을 살 수 있었다. 복덕방에 알아봐야겠다.

흉담이란 뭘까?

자꾸 가위에 눌린다. 온갖 비방을 써도 소용이 없다. 낯선 사람 수십 명이 날 노려보며 한목소리로 말한다. "두당 둘이야!"

폐 쪽에 문제가 있는 것 같단다. 의사는 아무 일도 아니라는 듯 말한다. 재수 없다.

둘을 데려와! 둘을 데려와!

검사 결과가 나왔다. 폐암 말기란다. 웃고 있는 마누라가 꿈에 나왔다.

이장의 아버지, 어르신을 만났다. 비밀리에 그 인간과 만나는 장면을 모두 찍었다. 그러고 집에 와서 영상을 돌려 보니 모든 의문이 풀렸다.

둘을 데려와! 둘을 데려와! 둘을 데려와! 둘을 데려와! 둘을 데려와! 둘을 데려와! 둘을 데려와! 둘을 데려와! 둘을

데려와! 둘을 데려와! 둘을 데려와! 둘을 데려와! 둘을 데려와! 둘을 데려와! 둘을 데려와! 둘을 데려와! 둘을 데려와! 둘을 데려와! 둘을 데려와! 둘을 데려와! 둘을 데려와! 둘을 데려와!

홍담을 듣기로 했다.

이제 나는 알았다. 홍담이 뭔지. 그리고 결심했다. 다른 이들에게도 퍼뜨리겠노라고. 내가 살기 위해서? 그건 이미 글렀다. 나는 순수하게 상대방이 죽기를 바라며 홍담을 이야기하려 한다.

유의미한 내용은 거기서 끝났다. 단지 텍스트로 된 글을 읽었을 뿐인데도 기분이 나쁜 건 물론이고 묘하게 찜찜했다. 한 가지 확실한 건 이걸 적어나가는 동안 육모돈의 정신 상태가 정상이 아니라는 사실이었다.

"어르신이라는 사람을 만나봐야겠네요."

차미조가 말했다.

"이장의 아버지라고 했으니까, 이 마을 이장이 누군

지부터 알아봐야죠."

정후의 말이 맞았다. 어르신을 만나기 위해서라도 이장이 누구인지 알아야 했지만, 육모돈에 대해서도, 그리고 이 집의 내력에 대해서도 이장에게 물을 게 많았다. 하지만 지금은 더 먼저 해야 할 일이 있었다. 나는 소파에서 일어나 작은방으로 향하며 말했다.

"육모돈의 컴퓨터를 조사해봐야겠어요. 여기서 말한 어르신과 만났을 때 찍은 동영상이 들어 있을지도 모르니까."

내가 육모돈의 컴퓨터를 켜면서 바란 건 두 가지였다. 하나는 암호가 걸려 있지 않을 것, 또 하나는 바탕화면이 정신없지 않을 것. 처음 바람은 그대로 이루어졌다. 사용자 암호 같은 건 걸려 있지 않았고, 컴퓨터를 잘 모르는 내가 보기에도 이 물건은 인터넷이나 동영상 시청을 근근이 할 정도의 고물이었다. 지금껏 용케 버텨왔구나 싶었다. 문제는 두 번째였다. 내 바람과는 달리 바탕화면에는 수많은 아이콘과 파일이 쓰레기를 흩어놓은 듯 펼쳐져 있었다.

"동영상, 찾는 데 시간이 좀 걸리겠는데요?"

차미조가 말했다.

"그러게요."

나도 인정할 수밖에 없었다. 그러자 정후가 답답하다는 듯 상체를 들이밀더니 내 손에서 마우스를 뺏어 갔다.

"왜 이 어지러운 바탕화면에서 찾으려는 거예요? 답답하네."

그는 창을 열어 다운로드 항목으로 들어가더니 날짜별로 정렬했다. 최근에 내려받은 파일이 상단에 떴다. 그러자 V로 시작하는 복잡한 이름을 가진 MOV 파일 하나가 보였다. 파일을 다운로드한 날짜는 4월 5일이었다.

"이거네요!"

내 목소리가 커졌다.

"이게 딱 PC방 두 곳에서 무려 3년 동안 일한 전설의 알바의 위엄이죠."

"어서 재생해봐요."

차미조가 말했고, 이번에는 내가 마우스를 잡아 그 동영상 파일을 더블 클릭했다. 곧 웅, 하는 소리가 들리더니 파일이 천천히 열렸다.

"혹시 모르니 제가 핸드폰으로 찍을게요."

정후가 말했다.

무척 컴컴한 방이었다. 창문을 암막 커튼이 막고 있는 듯했다. 그래도 사물을 분간하는 데는 큰 어려움이 없었다. 컴퓨터는 구식일지 몰라도 이 장면을 촬영한 카메라는 성능 좋은 물건이었다. 흔들리거나 부자연스러운 구간 없이 영상과 소리가 꽉꽉 담겨 있었다. 각도가 잘 맞지 않는 것으로 보아, 카메라는 육모돈이 가방에 몰래 숨겨 가져간 모양이었다. 어르신이라는 인물은 황토색 생활한복을 입었는데 정확히 얼굴만 보이지 않았다. 헐렁한 한복으로 봐서는 비쩍 마른 것 같았고, 실제로 겉으로 나온 손은 뼈만 남아 거미 같은 형상을 띠고 있었다. 무엇보다 눈길을 사로잡은 건 방 안 풍경이었다. 어르신 뒤편에 있는 건 분명히 병풍이었는데 흰색 바탕에 한자가 빼곡하게 적혀 있었다. 그 외에도 걸린 그림이나, 장신구, 무엇보다 벽 한쪽에 걸린 각종 무구로 봤을 때 그 '어르신'이라는 인물은 박수였던 게 틀림없었다.

"내력 없는 집이 어디 있겠어?"

어르신의 목소리는 나이에 비해 훨씬 높고 카랑카랑했다. 뒤이어 육모돈의 조금 풀 죽은 목소리가 들렸다.

"계속 같은 꿈을 꿉니다. 누가 감시하는 꿈. 거기에 '둘을 데려와!'라는 환청도 자꾸 들리고."

"큰 병을 앓고 있다고 들었는데……."

어르신은 떠보듯 말했다.

"병이랑은 아무 상관 없습니다! 아파서 환청을 듣는 게 아니란 말입니다. 제 목숨은 길게 잡아야 두어 달 남았을 겁니다. 그 전에 알고 싶습니다. 저 집에 대해서. 원래 뭐가 있었습니까?"

"거긴 1950년에 지어졌어. 전쟁 중에 나라에서 지었다, 이 말이야."

"무, 무슨 용도로……."

이 대목부터였다. 동영상에 잡음이 섞여 들어갔다. 치지직 하는 소리가 계속 들려 두 사람의 대화를 알 아듣는 데 어려움이 생겼다. 자연스레 미간을 찌푸린 채 온 신경을 귀에 집중하게 됐다.

"거기…… 빨갱이 잡는 곳…… 가입한 사람 모 두…… 잡아내서…… 산으로……"

그때였다. 육모돈이 별안간 기침을 토해내기 시작했 다. 가방을 끌어안고 있었는지 화면도 위아래로 격렬 하게 움직였다. 어르신은 아무 말도 하지 않았다. 육모 돈은 거의 숨이 넘어갈 것 같았다. 컥컥 밭은 숨을 내 쉬다가 결국 뒤로 넘어질 듯 고개를 드는 모습이 화면 에 나타났다. 오른손으로 입을 막고 있었다. 그 각도 가 되자 맞은편에 앉은 어르신의 얼굴이 똑똑히 보였 다. 길쭉한 데다가 무서울 정도로 마른 그 얼굴에는 커다란 입 하나가 달려 있었다. 다른 건 없었다. 눈은 숟가락으로 파낸 듯 두 군데 모두 시커먼 흔적만 남았 고, 코는 매끈하게 잘려 작은 구멍만 뚫려 있었다. 귀 도, 귀도 없었다. 민둥민둥한 원통에 입만 붙여놓은 듯했다.

"어휴."

정후가 살짝 얼굴을 찡그렸다.

"빨갱이로 낙인찍히면…… 모두 동굴에…… 넣고…… 총질까지…… 난 겨우 살아남았다."

어르신의 말은 끊어질 듯 아슬아슬하게 이어졌지만, 곧 육모돈이 컥, 하는 소리와 함께 핏덩어리를 토하면서 완전히 사라졌다. 몇 초 후 동영상도 끝났다. 카메라에 가장 마지막으로 찍힌 건 바닥에 고인 진득한 핏물이었다.

"1950년이라면 한국전쟁 때네요."

차미조가 말했다.

"그땐 빨갱이가 주적이었죠. 실제로 색출하려는 움직임도 많았고, 빨갱이가 되면 목숨 부지하기도 힘들었고."

나는 멈춘 동영상에서 눈을 떼 차미조를 보며 말했다. 어르신이라는 저 존재가 진실을 말하는 거라면, 이 집은 1950년에 지어져 빨갱이 색출을 담당하는 일종의 사무소 역할을 했으리라 짐작할 수 있었다. 1950년대의 상황은 누구도 예측하지 못할 만큼 혼란스러웠다. 북한군이라는 외부의 적과 싸우는 한편, 내부에 숨어든 적과의 싸움에서도 반드시 이겨야 했다. 그때 등장한 게 바로 '보도연맹 사건'이었다.

"보도연맹 사건 아시죠?"

차미조도 바로 그걸 물었다.

"보도연맹? 그건 또 뭡니까? 국사는 3등급이라서……."

정후가 어깨를 으쓱하며 물었다.

"보도연맹은 한국전쟁 직전까지 꽤 활발히 활동한 단체죠. 원래는 과거 좌익에 몸담았던 사람을 모아서 만든 단체로 반조선민주주의인민공화국을 전면에 내세우며 여러 유명 인사를 가입시켰습니다. 특히 시골 지역 같은 곳에서는 쌀 한 바가지를 줄 테니 가입하라고 해서 보도연맹이 뭔지도 모른 채 그저 이름을 적어 넣은 사람도 다수였어요. 그러니 가입자 수가 어마어마했죠. 그런데 한국전쟁이 터지면서 모든 게 너무나 달라졌어요. 서울이 함락되고 아래 지방으로 피란이 이어지면서 이승만 정부는 내부 결속을 다지는 게 우선이라고 생각했죠. 마침 그럴 때 일부 지역에서 보도연맹이 북한군에게 도움을 줬다는 정보를 접하고, 이렇게 명령을 내립니다. 보도연맹의 싹을 완전히 자르라고. 그 결과 전국 곳곳에서 끔찍한 민간인 학살이 발생합니다. 단순히 쌀 좀 받아보자고 이름을 올린 민간인은 물론이고 보도연맹과는 관련 없는 수용소 수감자들까지 한곳에 모아서 단체 처형을 했는데 아직도 정확한 사망자 수가 나오지 않을 정도로 많은 사람이 죽어갔죠."

내가 설명을 마치자 정후가 천천히 되짚어가며 자기 의견을 말했다.

"그러니까, 동영상 속 저 괴물 같은 노인이 말한 게 보도연맹 사건이라는 거죠? 산으로 데려갔다고 했는데, 그럼 이곳은 일종의 색출 장소였을 거고. 맞죠? 여기서 빨갱이인지 아닌지 확인받고, 만약 보도연맹 가입자라면 산으로 가서……."

그 모습을 충분히 그려볼 수 있었다. 사람들을 줄줄이 붙들어 매고 총칼로 위협하며 산으로 데려가는 모습을. 그저 누구 아빠고, 누구 엄마며, 누구 아들과 딸이었을 그들을 정부에서 무참히 죽였다. 죽어가는 이들은 그 이유조차 몰랐으리라. '둘을 데려와!' 그 말의 의미도 알 것 같았다. 한 명당 둘씩 데려와야 봐준다거나 했겠지. 결국 마을 사람들은 서로를 의심하고 경계하며, 자기가 살기 위해 다른 사람을 밀고하는 지경에 이르렀을 터. 이런 가운데 바로 그 흉담의 저주가 만들어졌다면? 그런 거라면 흉담의 역사는 조선 시대가 아니라 한국전쟁 당시가 된다.

"안 그래도 K시를 검색할 때 폐탄광이 있다는 걸 알게 됐어요."

차미조가 말하며 자기 핸드폰을 내게 내밀었다. K시에 관한 정보가 뜬 그 페이지에는 일제강점기 때만 해도 명맥을 이어오던 구리 광산이 한국전쟁 이후 폐쇄되었다고 나와 있었다. 폐탄광의 주소지를 보니 바로 이 마을 근처였다. 영상 속 '동굴'이라는 단어가 머리를 스쳤다. 이제야 모든 게 맞아떨어지는 느낌이었다.

"이젠 어떻게 해요? 아무래도 이장을 만나야겠죠?"

정후의 물음에 나는 고개를 끄덕였다. 이장을 만나 최대한 많은 정보를 모은다. 어르신까지 만날 수 있다면 더 좋겠지. 그런 다음 직접 폐탄광으로 가보는 것이다. 그곳이 흉담의 시작점이었다는 생각을 떨치기 힘들었다. 가장 끔찍한 상황에서 탄생한 이야기, 그게 바로 흉담이니까.

앉은 자리에서 이장이 누구인지 알 방법은 없었다. 결국 움직여야 했다. 나는 비가 얼마나 내리는지 궁금해 거실로 나가 창문을 바라봤다. 그 순간 발견했다. 창문에 얼굴을 바짝 댄 채 들여다보는 사람 여럿을.

"뭐야?"

나는 놀라서 팅기듯 뒤로 물러났다.

"억!"

나를 따라오다가 뒤늦게 알아챈 정후도 비명과 신음이 뒤섞인 소리를 냈다. 역시 가장 덜 놀란 건 차미조였다. 그는 창문으로 다가가 커튼을 활짝 열어젖혔다. 그러자 창문에 다닥다닥 붙은 노인들이 한 발 물러섰다. 그것만이 아니었다. 맨 앞의 노인들 뒤로도 족히 열 명은 넘어 보이는 이들이 마당을 가득 채운 채 비까지 맞으며 서 있었다.

"이, 이게 뭐죠?"

정후의 물음은 오히려 내가 던지고 싶은 말이었다. 차미조가 거실 창문을 열었다. 차가운 빗줄기와 서늘한 공기가 날아들었다.

"무슨 일이시죠?"

차미조가 목소리를 높였다.

"거기서 뭐 하는 거야?"

노인 중 한 명이 되물었다.

"저희는 육모돈 씨와 관련해서 이곳을 조사하고 있었습니다."

내 말에 노인들이 발끈했다.

"조사? 뭔 조사?"

"어디서 나온 거야?"

"육모돈이는 어디 있어?"

사나운 질문 공세 속에 내가 명확하게 대답할 수 있는 건 하나뿐이었다. 나는 창가로 다가가 비를 맞으며 선 노인들을 향해 목소리를 높였다.

"육모돈 씨는 돌아가셨습니다. 혹시 여기 계신 분들 중에 고인과 친분이 있었던 분은 없습니까? 아니면 이 장님과 연락할 방법을 알려주십시오."

그러자 멀찌감치 떨어져 서 있던 백발의 노인이 얼굴을 잔뜩 찡그리며 다가왔다. 노인을 보고는 다른 이들이 길을 터줬다.

"나 여기 이장이요. 이야기 좀 할까요?"

이장이라는 말에 우리 셋은 눈빛을 교환했다. 마다할 이유가 없었다. 나는 바로 고개를 끄덕였다.

"들어오세요."

나는 그렇게 말하며 거실 창문을 닫았다. 커튼도 쳤다. 바깥의 노인들이 비를 맞고 서 있을지 아니면 집으로 돌아갈지는 내 알 바가 아니었다. 이장은 우리가 그랬던 것 그대로 운동화를 신은 채 집으로 들어왔다.

물에 젖은 운동화가 장판에 미끄러지며 거슬리는 소리가 났다.

"다들 육 씨와는 어떤 사이지?"

이장이 물었다. 성긴 머리카락이 이마에 착 달라붙어 있었다.

"제가 일방적으로 피해를 입었습니다."

이장은 슬쩍 고개를 들어 나를 쳐다봤다. 내가 이어서 말하길 기다리는 눈치였다. 반대로 나는 이장이 입을 열기를 기다렸다. 우리는 눈을 피하지 않은 채 한동안 서로를 봤고, 결국 이장이 먼저 입을 뗐다.

"아무래도 흉담과 관련이 있나 보군."

"역시 흉담을 아시는군요."

내 예상이 맞았다. 이장은 우리에게 해줄 이야기가 많을 듯했다. 그렇기에 이야기가 쉽게 풀릴지도 모르겠다고 생각했다. 아니면 오히려 더욱 꼬일지도 모르고.

"흉담을 들은 건 당신뿐이오?"

"네."

내 대답을 들은 이장이 다시 물었다.

"그런데 어떻게 살아 있는 거요? 그쪽도 흉담을 퍼뜨린 거요?"

"아닙니다. 비방을 써서 하루를 벌었고, 오늘 밤에는 저도 위험합니다. 그래서 여기까지 왔습니다. 아시는 게 있다면 뭐든 말씀해주세요."

나도 모르게 말이 빨라지고 목소리도 커졌다. 그만큼 절박했다. 내 입으로 말하고 보니 어떤 상황에 놓였는지 새삼 와닿았다. 내 앞에는 문이 놓여 있었다. 자정이 되면 반드시 열리는 문. 문 너머에 무엇이 있는지 알지만…… 나는 피할 수도 없고, 도망갈 수도 없다.

"육모돈이 금기를 어겼어. 흉담은 대대로 이 마을에서만 전해져왔고, 이제 그 저주도 사라졌는데 놈이 되살려냈지."

이장은 딱딱하게 굳은 표정으로 말했다.

"육모돈 씨가 어르신의 존재에 대해 언급했습니다. 모든 의문이 풀렸다고 했는데, 혹시 저도 그분과 만나 뵐 수 있을까요?"

영상이 남아 있다는 이야기는 일부러 하지 않았다.

이장은 난감하다는 표정으로 고개를 절레절레 저었다.

"어르신, 그러니까 아버지는 몸이 많이 안 좋아. 아흔이 훌쩍 넘으셔서 매일이 고비지. 아버지가 아는 건 나도 대략 아니까 물어봐. 아는 건 대답해줄 테니까."

"그러면 이렇게 서 있을 게 아니라 좀 앉죠."

정후가 때마침 나섰다. 이장을 소파 가운데 앉히고 나와 차미조가 양옆으로 자리했다. 정후는 현관 앞 바닥에 그냥 주저앉았다. 미리 짠 건 아니지만 어쨌든 이장이 도망치지 못하도록 막아놓은 꼴이 됐다. 나는 이장이 그 사실을 지적할까 봐 서둘러 입을 열었다.

"누가, 왜, 어떻게 흉담을 만든 겁니까?"

이장은 한숨부터 쉬었다. 그러고는 천천히 이야기했다. 말하는 것 자체가 괴롭다는 듯 미간을 잔뜩 찡그린 채. 이마에 굵은 주름이 맺혔다. 비에 젖어 번들거리는 얼굴이 음울함을 더했다.

"이 집이 지어진 건 전쟁이 벌어지고 얼마 안 되었을 때였소. 군인들이 집을 차지했다더군. 그때부터 우리 마을과 옆 마을에서 솎아낸 주민, 그리고 어딘가의 교도소에서 실어 온 범죄자들까지 죄다 모아서는 탄광으로 데려가 죽이기 시작했소. 빨갱이라 의심받는 이부터 그런 이의 사돈의 팔촌까지 끌려갔다고 들었소. 탄광 앞에서 줄을 세워놓고 총알을 갈겨대는 소리가 밤낮없이 들렸다지. 시체는 자연스레 탄광 아래로 떨어졌고. 육 씨가 벽지를 벗겨낸 자리에 남아 있는 그림, 저거야말로 학살의 증거라 할 수 있지. 죽은 사람들을 그린 거니까. 그러던 어느 날, 마을 무당의 남편과 어린아이들도 죽고 말았소. 기껏해야 지금의 중학생 정도였다고 하더군. 무당은 미치고 말았소. 그래서 탄광으로 내려가 시체들 사이에서 몇 날 며칠 먹지도 자지도 않고 저주를 만들어냈지. 억울하게 죽어간 이들의 넋까지 더해 태어난 것이 바로 흉담이지."

"그럼…… 흉담은 결국 군인들 사이에서 퍼진 저주인 겁니까?"

내가 묻자 이장은 고개를 끄덕했다.

"그렇지. 여기에 머물렀던 군인과 공무원이 줄줄이 끔찍하게 죽어나가면서 결국 학살도 끝났어. 놈들은 저주 같은 건 입 밖에 꺼내지도 못하게 했다지만, 흉담을 한 번 들으면 어쩔 수 없이 옮기게 됐고 결국 하나둘 떠나더니 이내 모두 도망쳤다지. 이 집만 남긴 채.”

그렇게 말하는 이장의 낯빛은 어두웠다. 목소리도 점점 작아졌다. 두려워하고 있다. 그 사실을 느낄 수 있었다. 이장은 흉담에 대해 말하는 것조차 무서운 것이다.

“방법, 저주를 푸는 방법은 없습니까?”

내가 물었다.

“나도 정확히는 몰라. 다만 아버지가 이런 말씀은 하셨지. 죽은 무당이 탄광 안에 항아리를 감춰놓았다고. 그걸 깨뜨리면 저주 역시 사라지지 않을까, 아버지 역시 짐작만 하실 뿐이야.”

“아버님께서는 탄광 안에 항아리가 있단 걸 어떻게 아시죠?”

이번에는 차미조가 물었다. 이장은 차미조를 힐끔 본 뒤 대답했다.

“아버지도 무당이었으니까. 박수무당. 아버지의 신엄

마가 바로 저주를 만들어낸 그 무당이었어. 아버지는 당시 애동이었고, 그래서 많은 걸 알지는 못했다고 하셨지."

이장의 말이 끝나기 무섭게 정후가 입을 열었다.

"악귀 역시 머물 공간이 필요할 거예요. 특히 한 번에 어마어마한 힘을 쓰는 악귀라면, 그리고 무당이 만들어낸 존재라면 그 존재를 쉽게 만들거나 가둬둘 장소가 필요할 텐데 그게 바로 항아리가 아닐까 싶어요. 그런 점에서 보자면 항아리를 깨뜨리는 게 꽤 유용한 방법일지 몰라요."

퍼즐이 맞춰지는 것 같았다. 악귀를 가둔 항아리는 흉담에도 등장하는 물건이었다. 항아리를 깨면 악귀가 머물 곳이 사라진다. 그게 곧 저주를 푸는 방법이 아닐까? 실행해볼 가치는 있었다. 여기서 멍하니 죽음을 맞느니 뭐라도 해야 했다. 차미조도 같은 생각인 듯 소파에서 바로 일어났다.

"더 들을 이야기 없으면 움직이는 게 낫겠어요."

나는 이장을 향해 물었다.

"폐탄광, 거기 아무나 들어갈 수 있습니까?"

"아니지. 안전사고 위험도 있고 해서 잠가놔. 들어갈 거면 이 열쇠를 들고 가."

이장이 내민 큼지막한 열쇠를 받아 들었다. 묵직했다. 지옥의 문을 열기에 충분한 크기와 무게, 그리고 모양새였다. 자리에서 일어나 현관으로 향했다. 우리 셋을 향해 이장이 뒤에서 말했다.

"차는 못 올라가. 걸어가야 할 거야. 탄광에는 셋 다 들어가고. 그러는 편이 더 빨리 찾을 테니까. 갱도는 하나만 드나들 수 있어. 두 개는 폐쇄했으니까."

"알겠습니다."

제발 항아리를 빨리 찾길 바라며 그렇게 대답했다.

"서둘러야겠는데요."

정후가 핸드폰으로 시간을 확인하더니 내게 말했다. 여기서 시간에 쫓기는 사람은 나밖에 없었다. 그래도 궁금한 건 짚고 넘어가야 했다. 나는 현관문 바로 앞에 서서 이장을 향해 고개를 돌렸다. 그러고는 물었다.

"이장님은 흉담을 들으셨습니까?"

그 순간, 이장의 얼굴에 스치고 지나간 비릿한 웃음을 나는 놓치지 않았다. 그 표정은 한없이 깊고 시커먼 진창에 한쪽 발을 담갔다가 겨우 벗어난 사람만이 그려낼 수 있는 것이었다. 표정만으로도 다른 대답이 필요 없을 정도였다. 나는 이장의 말을 더 듣지 않고 비가 쏟아지는 바깥으로 향했다.

물론 이장의 말을 온전히 다 믿을 수는 없었다. 어쨌든 그는 이 수상쩍은 마을의 책임자였고, 흉담의 탄생 배경과 관련이 있었다. 조금 더 정확히 말하자면 그의 아버지가 직간접적으로 관여했지만, 흉담이 한바탕 휩쓸고 지나간 지역답지 않게 아직 사람이 산다는 것 자체가 의심스러운 건 사실이었다.

지금은 차미조와 정후 외에는 누구도 온전히 다 믿을 수는 없다는 게 내 생각이었다.

비가 내리는 산길을 걸어 올라가는 건 무척 힘든 일이었다. 게다가 딱히 등산로가 나 있는 것도 아니어서 잡풀과 돌멩이, 그리고 뿌리가 그대로 드러난 길을 말 그대도 네발로 기듯이 올라가야 했다. 자칫 방심했다가는 진창에 미끄러져 구르거나 크게 다칠 위험이 있었다. 정후가 선두였고, 가운데가 차미조, 그리고 내가 마지막이었다. 나는 평소의 다짐, 그러니까 입버릇처럼 말했던 '운동해야지'를 실천하지 않은 자신을 한껏 비난하면서 겨우겨우 산을 올랐다. 이미 몸은 비에 다 젖었고 바짓단은 진흙으로 가득했다. 열악한 상황에서도 차미조는 등에 무구가 든 백팩까지 메고 잘도 움직였다.

"으아. 이거 너무 힘든데요?"

그나마 나와 비슷한 정후가 있어 위안이 됐다. 결국 탄광 입구에 다다랐을 때는 어느새 차미조가 선두에 섰고, 나와 정후가 서로를 부축하다시피 하며 간신히 넘어지지 않고 한참 뒤에 도착했다.

그때가 5시쯤이었다. 시간상으로는 아직 낮이지만 해를 앗아간 먹구름의 위세는 만만히 볼 게 아니었다. 산 중턱은 어둑어둑했고, 빗줄기는 갈수록 굵어졌다. 이러다가는 순식간에 밤의 영역으로 넘어갈 것 같았다.

“빨리 움직이죠.”

차미조가 하늘을 힐끔 보더니 그렇게 말했다. 나도 대찬성이었다.

폐탄광 입구에는 철문이 달려 있었다. '접근 금지'라고 빨간색 래커로 적어놓은 게 오히려 호기심을 자극했다. 철문은 굵은 쇠사슬과 주먹만 한 자물쇠로 잠겨 있었다. 이장에게서 받은 열쇠의 크기와 무게를 봤을 때 딱 어울리는 조합이었다. 나는 열쇠를 꺼내 자물쇠에 넣었다. 워낙 오래 안 써서 그런지 처음에는 뻑뻑했지만 온 힘을 다해 돌리자 이내 텅! 하는 소리가 들리며 자물쇠가 입을 열었다. 나는 정후의 도움을 받아 쇠사슬을 풀어냈다. 그러자 동굴 입구를 막고 있던 철문이 스르르 열렸다. 이때를 기다리고 있었다는 듯 소리조차 내지 않았다.

“저기로 들어가는가 봐요.”

정후가 시커먼 구멍을 가리키며 말했다. 탄광 입구는 무척 넓었다. 이장은 우리가 육모돈의 집에서 나오기 직전 재빨리 이야기했다.

‘수평 갱도를 지나면 수직 갱도가 나올 건데 그 안에는 시체가 겹겹이 쌓여 있을 거요.’

“여기…… 기운이 너무 안 좋아요.”

차미조의 말에 나는 퍼뜩 정신을 차렸다. 기운까지는 몰라도 시커멓게 모습을 드러낸 탄광 입구가 괴생물의 아가리처럼 보이기는 했다.

“살벌하네요.”

정후도 질린 표정으로 말했다. 차미조는 백팩에서 뭔가를 꺼내 우리 둘에게 나눠 주었다. 부적이었다.

“외할머니가 주신 거예요. 정확한 이름은 모르는데, 아무튼 몸에 지니면 부정한 거로부터 보호를 받는대요.”

나와 정후는 각각 부적을 받아 바지 주머니와 핸드폰 케이스에 넣었다. 차미조도 한 장을 챙겨 점퍼 주머니에 넣었다. 나와 눈이 마주치자 그는 겸연쩍은 표정을 지었다. 나는 어깨를 으쓱하며 말했다.

“조심해서 나쁠 건 없죠.”

내 말에 차미조는 보일 듯 말 듯 고개를 끄덕였다.

"이제 들어가죠."

정후가 말했다.

"제 생각엔 셋 다 들어가는 것보다 한 명은 여기 남아 망도 보고 혹시 모를 일에 대비하는 게 나을 것 같은데요."

차미조의 말에도 일리가 있었다. 이장은 셋 다 들어가 빨리 찾으라고 했지만, 그대로 따를 필요는 없었다. 우리는 잠시 서로를 봤다. 나는 내려갈 수밖에 없다. 결국 둘 중 한 명이 나와 동행해야 하는데…… 누구 한 명을 콕 집기가 곤란했다. 탄광 안에 어떤 위험이 도사리고 있을지 짐작도 할 수 없었으니까.

"아시겠지만, 위험할 거예요. 그러니 잘 생각해서……."

"됐어요. 제가 내려갈 거예요. 외할머니가 주신 아이템도 있고 하니까."

언제나 그랬듯 차미조는 별거 아니라는 투로 시원시원하게 말했다. 내심 긴장한 표정으로 서 있던 정후가 그제야 한마디를 했다.

"제가 망 잘 볼게요. 뭔 일 터지면 바로 연락하시고."

그렇게 해서 간단히 정해졌다. 정후가 남고, 나와 차미조는 탄광으로 들어간다. 나는 정후를 향해 손을 들어 보인 후 입구로 향했다. 탄광이라는 걸 몰랐다면 그저 흔한 동굴이라고 생각했으리라. 당연하게도 안은 너무나 어두웠고, 바깥 기온과는 차원이 다르게 서늘했다. 축축한 기운이 몸을 감싸는 건 아무래도 비가 내리기 때문인 듯했다.

"가요."

차미조가 핸드폰 플래시를 켜고는 한발 먼저 안으로 들어갔다. 나도 똑같이 플래시를 켜서 어둠을 밝혔다. 플래시가 그 알량한 영향력을 발휘하는 건 입구 근처뿐, 안으로 들어갈수록 어둠에 잠식당해 바로 1미터 앞을 겨우 비출 뿐이었다. 그만큼 어두웠다. 차미조와 나는 어느새 나란히 걸었다. 탄광 안에는 선로가 가로지르고 있었다. 곳곳에 곡괭이며 삽 같은 장비가 나뒹굴었다. 살풍경한 모습이기는 했지만 아직 대학살의 흔적을 찾아보긴 힘들었다. 아무런 능력도 없는 나는 나쁜 기운 같은 것도 느끼지 못했다. 그럼에도……
탄광 안으로 점점 들어가면서 알 수 없는 불안감에 신
경이 날카로워지는 것만은 똑똑히 느낄 수 있었다. 그
럴 수밖에. 내겐 그야말로 목숨을 건 일이니까.

"조심해요. 천장이 점점 낮아져요."

차미조의 말 그대로였다. 완만하게 낮아지던 천장은
안으로 향할수록 고개를 똑바로 들기 힘들 정도가 됐
다. 거의 상체를 숙여야 할 때쯤 수직 갱도가 모습을
드러냈다. 선로도 거기서 딱 끝이 났다.

"갱도 입구가 꽤 넓은데요?"

"그러네요. 하긴 넓어야 밑에서 캐낸 걸 밖으로 옮기
기도 수월하겠죠."

아니면 위에서 아래로 뭔가를 밀어 넣을 때도…….

나는 굳이 그 말은 하지 않은 채 조심스레 갱도 입
구로 다가갔다. 누가 했는지는 몰라도 격자무늬 철망
으로 입구를 덮어놓은 게 보였다. 그걸 보며 차미조가
말했다.

"밟으면 바로 구부러질 것 같은데 왜 저런 걸……."

"이건 밖에서 안으로 들어가는 걸 막으려는 게 아닐 겁니다."

나는 생각을 정리하며 말했다.

"그러면요?"

"아마 안에서 밖으로 나오는 무언가를 막으려는 일종의 결계가 아닐까 싶어요. 격자무늬는 예로부터 부정한 걸 막는다고 했거든요. 한옥의 방문이나 창문이 격자무늬로 된 것도 그런 이유 때문이죠."

나는 그렇게 말하며 철망을 걷어냈다. 차미조는 말없이 쪼그리고 앉아 갱도 안을 핸드폰으로 비췄다. 오래전에 작동을 멈춘 수동 승강기와는 별개로 맞은편에 사다리가 놓여 있었다. 대부분의 인부는 이 사다리를 통해 들고난 모양이었다. 차미조와 나는 선뜻 내려가지 못하고 아래만 바라봤다. 그야말로 암흑천지였다. 핸드폰 두 대가 불빛을 뿜고 있었지만 겨우 어둠의 겉면만 핥을 뿐이었다. 밑에서 음산한 소리와 함께 바람이 불어 올라왔다. 그 끝에 톡 쏘는 듯한 악취가 섞여 있었다.

"내려가죠."

차미조가 말했다. 그러면서 사다리를 밟으려고 했다.

"잠깐. 잠깐 이야기 좀 해요."

나는 그런 차미조를 말렸다.

"시간이 없어요."

"알아요. 그래도 이건 확실히 합시다. 만약에 무슨 일이 생기면, 그러니까 돌이킬 수 없는 위험한 순간이 오면 미조 씨는 저를 두고 그냥 올라오는 겁니다. 아시겠죠?"

"그래도……."

"어차피 자정이 되면 전 죽습니다. 그러니 미조 씨나 정후 씨까지 목숨이 위태로울 정도의 위험을 감수할 필요가 없어요. 알겠죠?"

"뭐, 일단 알겠어요."

차미조는 떨떠름한 표정을 지으면서도 고개를 끄덕였다.

"그런 의미에서 제가 먼저 내려갈게요. 미조 씨가 플래시 비춰주세요. 제가 내려간 다음 내려오시면 됩니다. 거꾸로 플래시 비춰드릴 테니까."

이번에도 차미조는 고개만 끄덕였다. 나는 핸드폰을 바지 주머니에 넣고 사다리를 디뎠다. 나무로 만든 사다리는 내 체중이 실리자 가느다란 신음을 흘렸다. 몹시 불길한 소리였다. 천천히 내려갔다. 발을 헛딛거나 손으로 허공을 움켜쥐지 않게 조심하면서. 위에서는 차미조의 핸드폰 불빛이 뻗어 나오고 있었다. 하지만 몇 계단 내려가지 않아 빛은 사라지고 어둠이 나를 감쌌다. 결국 내 계산으로 중간쯤 내려갔을 때는 아무것도 보이지 않게 되었다. 사다리의 끝이 어디인지 가늠할 수도 없었다. 머리가 핑 돌면서 위아래가 어디인지 헷갈리기 시작했다. 올라가는 중이었던가, 아니면 내려가는 중이었던가? 바람이 벽을 타고 올라오며 내 등을 두드렸다. 한기라는 표현으로는 부족한 차디찬 바람이었다. 최대한 이성을 잃지 않으려고 애쓰며 한 발씩 내려갔다. 한 번에 한 계단, 한 번에 한 계단. 그 공식을 까먹지 않으려고 무던히 노력해야 했다. 저주의 비밀 근처에 가기도 전에 사다리에서 떨어져 죽고 싶지는 않았다. 얼마나 내려갔을까, 발이 단단한 지점에 닿았다. 그래도 혹시 몰라서 몇 번이나 꾹꾹 눌러봤다. 지면이었다. 다른 쪽 발도 내리고 손을 놓았다. 수직 갱도 안으로 완전히 들어왔다. 나는 위에 있는 차미조를 향해 외치려고 고개를 들었다.

그때였다.

눈앞으로 푸른색 불빛이 둥둥 떠서 다가왔다. 도깨비불이라는 사실을 알아챈 순간, 무언가, 아니 누군가가 내 왼쪽 발목을 꽉 잡았다.

드러난 진실

신음조차 흘리지 못했다. 몸이 뻣뻣하게 굳었다. 목구멍이 꽉 막혀 아무 소리도 나오지 않았다. 뭐라도 해야 한다는 걸 알면서도 어느 것 하나 행동으로 옮기지 못했다. 차미조의 목소리가 날아든 건 바로 그 순간이었다.

"내려갔어요? 작가님!"

유독 카랑카랑하게 울린 그 목소리에 정신이 번쩍 들었다.

"네네! 내려오긴 했는데……."

더듬더듬 그렇게 말하며 비로소 주머니에서 핸드폰

꺼낼 생각을 했다.

"왜요? 무슨 일 있어요?"

"잠깐만요!"

나는 핸드폰 플래시로 발치를 비쳤다. 심장이 세차게 뛰었다. 분명 발목을 쥔 게 있었다. 다행히 누군가는 아니었고 무언가였으나…… 그것이 인골의 머리 부분이라면 이야기가 달랐다. 내 왼쪽 발목은 헤벌린 머리뼈의 위턱과 아래턱 사이로 절묘하게 들어가 있었다. 해골이 날 깨물고 있는 듯한 모습이었다. 주위를 둘러봤다. 곳곳에 사람 뼈가 가득했다. 온전한 형태를 유지한 것도 있었지만 대부분 깨지고 부러져 어지럽게 뒤섞여 있었다. 나는 머리뼈 사이에서 발목을 조심스레 빼냈다.

"내려가고 있어요!"

차미조의 외침에 나는 핸드폰 플래시를 위로 들어 올렸다.

"여긴…… 인골이 가득해요. 그래서 그런지 도깨비불도 돌아다니고."

나는 여전히 둥둥 떠다니는 푸른빛을 보며 말했다. 도깨비불, 또는 인화라 부르는 불빛은 주로 묘지 근처에서 발견된다. 도깨비불과 관련해서는 여러 가설이 존재하지만 과학적으로 명확하게 규명된 건 없었다. 물론, 정말로 죽은 사람의 혼이 불이 되어 돌아다닌다는 증거도 없었고. 다만 이곳에는 저 푸른빛 불이 떠다니고 있었고, 충분할 만큼의 인골 역시 널브러져 있었다.

"한참 내려왔네요. 불빛 고마워요."

제법 시간이 흐른 뒤 차미조가 바닥에 내려섰다. 자기 핸드폰으로 주위를 한번 비춘 차미조는 작게 한숨을 쉬었다. 인골은 점점 더 좁아지는 갱도 안쪽까지 빼곡하게 들어차 있었다. 무자비한 학살의 흔적이었다.

"이런 곳이 여태 알려지지 않고 있었네요."

내 말에 차미조가 한마디를 거들었다.

"어쩌면 아직 다른 곳에도 많을지 몰라요."

저주를 만들어내고, 악귀를 창조하며, 누군가를 죽음으로 몰아넣는 것 역시 같은 인간의 짓이다. 나는 이 마을에서 살았다던 무당이 어떤 마음으로 흉담을 만들어냈는지 알 것도 같았다. 그런 저주가 없었다면 학살은 멈추지 않았으리라. 무당이 무엇을 제물로 삼아 끔찍한 저주를 탄생시켰는지 그것도 짐작할 수 있었다. 이곳에서 죽은 이들, 죽어간 이들을 재료로 쓴 것이다. 그러고는 흉담을 퍼뜨렸다. 두당 둘. 즉, 한 명당 둘에게 흉담을 전하지 않으면 죽게 되는 끔찍한 저주로 학살이 이어지는 걸 막았다.

그랬던 저주가 육모돈에 의해 되살아난 것이다. 마지막에는 내게 머물렀고.

아주 오래전에 죽어 백골이 된 시체지만 특유의 냄새는 여전했다. 아까 내려오기 전 톡 쏘는 향이라고 생각했던 게 이곳에서 퍼져나가고 있었다. 문제는 안으로 향할수록 점점 더 짙어진다는 거고 그 탓에 머리가 지끈거릴 정도였다. 갱도는 협착했다. 안 그래도 천장이 낮은데 백골을 밟고 가자니 움직이기가 여간 어려운 게 아니었다. 이곳 어딘가에 무당이 항아리를 숨겨놓았다는 건데…… 찾기가 쉽지 않아 보였다.

"일단 갈 수 있는 데까지 안으로 들어가봐요. 아마 가장 깊은 곳에 숨겼을 테니까."

차미조가 내 마음을 읽었다는 듯 말했다.

"네. 발밑 조심하고요."

우리는 탄광 입구보다 훨씬 좁은 갱도를 계속 지났다. 나와 차미조의 어깨가 맞닿을 정도였다. 고개 역시 구부정하게 숙여야 했다. 이런 곳에서 매일 일했을 이들이, 거꾸로 이 비좁고 어두운 곳에서 영문도 모른 채 죽임을 당했으니 그 원망이 클 수밖에. 나는 이해하는 한편으로 바로 그 깊고 진한 원망이 악귀로 변했다는 생각에 소름이 돋았다. 흉담의 내용이 실제 그런 일이 있었다는 게 아니라 일종의 은유라 했을 때도 핵심은 변하지 않았다. 여러 개의 원망 어린 사람이 죽어가며 남긴 그 '미움'을 악귀로 만들어 항아리에 가둔다. 그러니 정후의 말이 맞는 셈이었다. 흉담은 그렇게 만든 악귀를 불러내는 일종의 주문이었다.

몇 미터 더 안으로 들어가며 주위를 살폈을 때였다. 차미조가 갑자기 내 팔을 잡았다. 그러고는 재빨리 속

삭였다.

"비명 못 들었어요?"

"비명이요?"

"저기 위에서 정후 씨 비명이 들린 것 같은데……
그것도 방금!"

"전화를 해볼게요."

하지만 핸드폰이 터지지 않는 구역이었다. 내가 뭐라
고 더 말하려 할 때 차미조가 막았다. 아예 검지를 내
입에 가져다 댔다.

"다른 소리가 들려요! 들어봐요."

나는 가만히 귀를 기울였다. 냉기를 품은 바람이 휘
돌아 나가는 사이로 희미하게 끼익, 끼익 소리가 들
렸다. 그 소리의 정체는 대번에 알 수 있었다. 누군가
가 사다리를 타고 내려오고 있었다. 끼익 소리가 가파
르게 들리는 거로 봐서 한둘이 아니라는 것도 짐작할
수 있었다. 정후의 비명, 그리고 뒤이어서 들리는 사다
리 밟는 소리. 누가 봐도 수상했다.

"마을 사람들 같은데요?"

내 말에 차미조는 매서운 눈빛으로 우리가 지나온 길을 노려봤다.

"살기가 가득해요. 산 자들이 내뿜는 살기. 숨어야 해요!"

도대체 누가 왜…….

그런 의문을 떠올릴 새도 없이 몸이 먼저 반응했다. 차미조와 나는 발에 뭐가 걸리든 신경 쓰지 않고 빠르게 안쪽으로 향했다. 문제는 계속 걸어봐야 뒤에서 따라오는 이들을 따돌릴 수 없다는 데 있었다. 발소리도, 헐떡이는 숨소리도, 헛디디며 뱉어내는 욕설도 너무나 생생하게 들렸다. 그건 실체를 가진 존재들이었고, 이 순간에는 그런 인간이 귀신이나 악귀보다 훨씬 무서웠다.

거리가 점점 좁혀지고 있었다. 나는 우선 핸드폰 플래시부터 껐다. 차미조도 따라 했다. 놈들이 우리를 최대한 볼 수 없게 만들어야 했다. 오른쪽 벽에 빈 공간이 있었다. 아마 작업하다가 잠시 쉬는 곳인 듯 바위를 깎아 의자도 만들어놓은 게 희미하게나마 보였다.

너무 어둡고 좁아 그냥 지나칠 법한 공간이었다. 나는 차미조를 잡아끌어 그 안으로 들어갔다. 그런 뒤 가장 구석에 있는 바위에 엉덩이를 반쯤 걸치고 앉았다. 놈들도 핸드폰 플래시를 들고 들어왔다면 이곳까지 빛이 들지는 않을 것 같았다. 아니, 제발 그래야 했다.

잠시 후, 거친 발소리가 가까워진다 싶더니 불쑥 귀에 익은 목소리가 날아들었다.

"잡으면 바로 먹을 따. 허튼소리 못 하게. 알았어?"

그 목소리의 주인은 이장이 분명했지만, 말투는 다른 사람이 아닌가 할 정도로 살벌하게 변해 있었다. 가면을 벗었다. 그 생각이 떠올랐다. 맨얼굴의 이장은 인간의 멱쯤은 쉽게 딸 정도의 위인이었다.

이윽고 불빛이 뻗어왔다. 그들이 훨씬 더 가까이 접근했다는 뜻이었다. 나는 숨을 참았다. 차미조도 마찬가지인 듯했다. 핸드폰 플래시가 아니었다. 손전등 불빛이 원을 그리며 좁은 갱도 안을 헤집었다. 적어도 세 개는 넘는 듯했다. 그렇다는 건 이곳으로 내려온 이도 셋 이상이라는 뜻이었다. 노인들이 하나둘 모습을 드

러냈다. 원래 체구가 어떤지는 몰라도 불빛을 받아 과
장되게 부푼 그 몸뚱이는 나이를 생각해도 충분히 위
협적이었다. 게다가 다들 흉기를 하나씩 들고 있었다.
손도끼, 그리고 고기 자를 때 쓰는 네모난 칼, 죽창 같
은 것을 든 노인도 있었다. 그 누구보다 위협적인 분위
기를 내뿜은 건 맨 마지막에 나타난 이장이었다. 그는
잔뜩 어깨를 움츠린 채 고개만 길게 뺀 상태로 천천히
주위를 둘러봤다. 그때마다 안광이 번득였다. 손에는
그 눈빛만큼이나 서슬 퍼런 낫을 쥐고 있었다. 나와 차
미조는 눈동자 탓에 들킬지도 모른다고 생각해 고개
를 숙이고 눈까지 감았다.

얼마나 시간이 지났을까…….

다른 노인이 목소리를 높였다.

"이장, 안 보여. 더 깊이 들어간 모양인데 그러면 우
린 따라가기 힘들지."

"맞아. 난 무릎이 아파서 구부리고 들어가는 건 안
된다고."

불만이 터져 나오자 이장은 결심한 듯 말했다.

“좋아. 그분을 여기에 풀고 우린 올라가지. 입구까지 막으면 살아서 동굴 밖으로 나올 일은 없을 거야.”

그분?

입구를 막는다?

태연히 말하는 끔찍한 소리에 미처 반응도 하기 전에 놈들은 일제히 알겠다고 했다. 그러고는 곧 우르르 입구 쪽으로 되돌아가는 소리가 들렸다. 소리가 멀어지자 차미조가 물었다.

“무슨 꿍꿍일까요?”

“글쎄요. 그분을 푼다는 게……”

나는 말을 끝맺지 못했다. 저 멀리서 들려온 이상한 소리 때문이었다.

끄으. 끄으. 끄으.

굳이 표현하자면 그런 소리였다. 분노를 표현할 길이 없어 끓어오르는 속을 그대로 드러내며 뿜어내는 소리. 저건…… 악귀가 내는 소리였다. 차미조도 알아챘는지 목소리가 떨렸다.

“설마……”

"빨리 도망가야 해요!"

"하지만 어디로요? 입구 쪽엔 저, 저게 있는데."

"안으로. 기억하죠? 안에서부터 바람이 불어오던 거. 그건 반대쪽에도 드나들 수 있는 구멍이 존재한다는 뜻이에요."

"알았어요. 지금은 무조건 움직여야죠."

"네."

우리는 의견 일치를 본 즉시 숨어 있던 곳에서 나가 갱도로 진입했다. 너무나 깜깜했다. 빛이라고는 한 점도 없었고, 그 때문에 방향 감각 역시 이상해졌다. 내 옆에 선 사람이 차미조인지 아닌지도 확실하지 않았다. 그렇다고 해서 핸드폰 플래시를 켤 수도 없었다. 악귀에게 표적이 될 뿐이었다. 우리는 벽을 손으로 짚고 간신히 앞으로 나아갔다. 그 소리가 점점 가까워졌다.

끄으. 끄으. 끄으.

덩달아 우리 발걸음도 빨라졌다.

끄으.

끄으.

끄으.

끄으…….

소리가…… 소리가 가까워진다. 동시에 내 심장은 걷잡을 수 없이 뛴다. 이런 적은 처음이었다. 이렇게 겁에 질렸던 적은. 나는 겁이 없다고, 공포를 잘 느끼지 못한다고 공공연하게 말해왔다. 실제로도 그랬다. 우스갯소리가 아니었다. 20대 때는 야밤에 혼자서 당시 3대 흉가로 불리던 곳에 다녀오기도 했다. 그중 시각적으로 가장 살벌했던 곳은 폐병원, 그것도 정신병원으로 누구나 이름만 대면 다 알 만한 곳이었다. 그곳도 구석구석 돌아봤지만 딱히 무섭지는 않았다. 다만 그 공간이 주는 기운이라고 할까, 분위기라고 할까, 아무튼 그건 이후 작품에서 잘 써먹었다. 물론 그때도 무섭지 않았다. 설령 뭔가와 마주쳤다고 해도 그다지 놀라지 않았으리라. 어디 그뿐인가. 살인 사건 후 계속 불상사가 발생한다는 건물에도 갔었고, 자세한 지명은 말할 수 없지만 끔찍한 참사가 발생했던 곳에도 찾아가 일종의 조사를 했다. 아무렇지 않았다. 그럼에도 나는 귀신을 믿었다. 내가 보지 못한다고 해서 없는 건 아니니까. 그래도 그 귀신이 나를 두려움에 떨게 할 거라는 생각은 전혀 하지 않았다. 그랬기에 그리 무모할 수 있었는데…… 이번에는 차원이 달랐다. 나를 온전히 잠식한 건 공포심 그 자체였다. 몸과 마음을 장악한 기생충이 두려움 외의 다른 생각을 마비시켰다. 그래서일까. 앞으로 향하면서도 자꾸 발을 헛디뎠다. 속절없이 넘어졌다.

"괜찮아요?"

"네, 네."

그때마다 차미조가 나를 일으켜 세웠지만, 나는 멍하니 대답할 뿐이었다. 내가 호언장담하다시피 한 반대쪽 구멍은 나오지도 않았다. 이러다가는 악귀에게 잡히는 게 더 빠르지 싶었다. 살고 싶었다. 죽기 싫었다. 만약 저 괴물에게 따라잡힌다면 어떻게 해야 할까? 차미조를 밀어서 먹잇감으로 던져 주고 나는 그사이에…….

안 돼!

거기까지 생각하고 급히 고개를 가로저었다. 내가 악귀가 된 것 같았다. 그러고 보니 내 숨소리가 바로 그렇게 들렸다.

끄으. 끄으. 끄으.

나는 몸을 부르르 떨며 입술을 깨물었다.

정신 차려!

그렇게 중얼거렸다.

"저기!"

차미조가 들뜬 목소리로 앞쪽을 가리켰다. 아직 멀긴 하지만 분명히 불빛이 새어 들어오고 있었다. 반대편 구멍이었다.

"서두르죠."

이제 갱도는 허리를 다 펼 수 없을 만큼 좁아졌다. 나는 상체를 숙인 자세 그대로 거의 네발로 기다시피해서 나아갔다. 차미조도 비슷한 모양새로 움직였다. 다행히 그 구간은 바닥에 걸리는 게 없었다. 덕분에 빠르게 움직이는 게 가능했다. 그렇다는 건 악귀 역시…… 아니다. 악귀는 지형의 영향 같은 건 받지도 않으리라.

끄으.

끄으.

끄으.

끄으.

끄으.

끄으.

그 소리가 바로 뒤에서 날아들었다. 돌아볼 엄두는 내지도 못했다. 코를 마비시키는 악취와 뼛속까지 스미는 한기, 그리고 두려움을 추동하는 그 기운을 통해 짐작만 할 뿐이었다. 그것이 손을 뻗으면 닿을 거리에 있다는 사실을.

차미조가 나보다 재빨랐다. 그는 순식간에 거리를 좁혀 구멍, 정확히는 문에 다다랐다. 그곳은 철문으로 가로막혀 있었다. 문틈으로 빛이 들어오고 있었다. 차미조가 어깨로 문을 밀었다.

"꿈쩍도 안 해요!"

"같이 해봐요."

나도 문 앞에 도착했다. 녹슨 철문은 그리 단단해 보이지는 않았다. 나와 차미조는 눈빛을 교환한 뒤 동시에 문을 들이받았다.

텅!

그런 소리가 울려 퍼졌지만 문은 아무 일도 없었다는 듯 서 있었다. 우리가 다시 한번 문에 부딪히려 할 때, 뒤에서 다른 소리가 들렸다.

둘을 찾았니?

둘을 데려왔니?

둘을 봤니?

악귀가 물었다. 그러면 안 된다는 걸 알면서도 저절로 고개가 돌아갔다. 차미조도 서서히 고개를 돌리고 있었다. 우리는 문에 등을 기댄 채 악귀와 마주 봤다.

그것은 갱도 천장에 매달려 우리를 내려다보고 있었다. 꿈에서 봤던 그대로였다. 거미처럼 배만 불룩한 몸통에서 비정상적으로 길쭉한 팔다리가 뻗어 나왔고, 얼굴은…… 아무렇게나 빚은 점토를 또 아무렇게

나 붙여놓은 듯하지만 묘하게 차문수 교수를 닮아 있었다. 악귀가 차문수 교수를 닮은 얼굴을 찡그리며 다시 말했다.

누당 둘이야.

누당 둘.

차미조는 차마 그 모습을 보지 못하고 고개를 돌렸다. 이미 공포에 진 나도 저항할 힘을 잃어버렸다. 도망칠 공간도, 그럴 시간도 없었다. 꼼짝없이 당한다. 악귀는 서서히 오른손을 뻗어왔다. 나를 먼저 죽이려는 모양이었다. 악귀의 손이 내 몸에 닿으려는 찰나, 놈이 움찔했다. 그러더니 몇 걸음 뒤로 물러났다. 그 동작도 지극히 거미처럼 보였다.

왜 저러지?

그렇게 생각한 순간, 부적을 지니고 있다는 걸 깨달았다. 나는 바지 주머니에서 부적을 꺼내며 소리쳤다.

"미조 씨! 부적. 이게 효과가 있어요!"

차미조도 그제야 부적을 꺼내 들었다. 악귀가 사라진다거나 하는 극적인 효과는 없었지만, 놈이 부적에 겁을 먹었다는 건 확실해 보였다. 나는 앞으로 부적을 내민 동시에 다른 손으로 철문을 두드렸다.

그때였다.

밖에서 반가운 소리가 들렸다.

"비키세요!"

정후의 외침에 나와 차미조는 문 옆으로 조금 떨어졌다. 다음 순간 사나운 엔진음이 들린다 싶더니 곧 문을 향해 자동차가 맹렬한 기세로 달려왔다.

쾅!

철문은 대번에 떨어져 나갔고 그 자리를 보닛이 움푹 들어간 지프가 대신하고 있었다. 나는 순간 차미조의 얼굴에 떠오른 복잡한 표정을 봤다. 그러고는 정면으로 고개를 돌렸다. 악귀는 사라지고 없었다.

"둘 다 괜찮으세요?"

정후가 지프에서 내리며 물었다.

"우린 괜찮은데…… 정후 씨는요?"

그의 비명을 들었던 기억이 떠올랐다.

"말도 마세요. 죽는 줄 알았어요!"

정후가 지프에서 내리면서 말했다. 아닌 게 아니라 그의 얼굴에는 멍 자국이 나 있었다.

"우선 여길 벗어난 뒤에 이야기 나누죠."

차미조는 그 말과 함께 자연스레 지프 운전석에 앉았다. 나와 정후도 원래 자리로 돌아갔다. 차미조가 정후를 돌아보며 물었다.

"시동은 어떻게 켰어요? 열쇠가 없으면……."

"탄광 입구로 들어가시기 직전에 부적을 넣었잖아요, 점퍼 주머니에. 그때 자동차 열쇠가 떨어졌나 봐요. 마침 그걸 제가 주웠고요. 두 분 다 아직 죽을 운명은 아닌가 봐요."

정후를 공격한 건 역시 마을 노인들이었다. 정후는 몇 대 맞은 후 쓰러진 척 누워 있다가 틈을 봐서 도망쳤다. 누워 있는 동안에도 노인들 얘기에 귀를 기울인 그는 갱도의 반대편 출입구 이야기를 들었고, 결국 입구를 찾아내는 데 성공했다. 그러고는 그야말로 환상적인 타이밍에 나타난 거라고 잔뜩 들뜬 목소리로 자랑을 늘어놓았다.

"고마워요. 덕분에 살았어."

"뭘요. 도움이 돼서 다행이네요."

나는 진심을 담아서 말했다. 목숨을 구해줬는데 이런 자랑 정도야 몇백 번도 더 들어줄 수 있었다. 문제는 위기가 완전히 끝난 건 아니라는 데 있었다. 그걸 아는지 차미조의 표정도 매우 어두웠다.

"괜찮아요?"

나는 차미조를 향해 넌지시 물었다.

"아뇨. 안 괜찮아요."

"그래도 어느 정도 단서도 찾았으니……."

"아니, 차요. 수리비 걱정에……."

"아! 그, 그렇죠. 수리비 많이 나오겠네요."

나는 고개를 끄덕일 수밖에 없었다. 보닛을 찌그러뜨린 정후는 뭐가 문제인지 모른 채 자기 할 말만 했다.

"이것으로 확실해졌어요. 이 마을 사람들, 우릴 죽이려 해요. 그 이유가 뭘까 생각해봤는데요, 아무래도 흉담과 관련이 있는 것 같아요."

개성 강한 두 사람 옆에서 나는 몇 시간 후면 진짜로 죽게 된다는 점을 강조하려 했지만 그만뒀다. 대신에 좀 더 쓸모 있는 이야기를 꺼냈다.

"정리해봅시다. 이장을 비롯한 마을 사람들은 우릴 죽이려고 했어요. 그 이유가 뭘까요?"

"게다가 악귀도 마음대로 부리는 것 같았죠. 끔찍했어요, 악귀."

그렇게 말하는 차미조의 표정은 무척 어두웠다. 나라도 그랬으리라. 차미조가 말을 이었다.

"아무래도 이장 아버지, 그러니까 그 어르신이라는 사람이 열쇠를 쥐고 있지 않을까요? 무당이 흉담을 만들어낼 때 애동 제자였다고 하니까 분명히 아는 게 있을 거예요. 어쩌면 저주를 푸는 법을 알지도 모르죠. 항아리 부수는 건 이장이 우릴 일부러 위험에 빠뜨리려고 꾸민 거짓말이고."

"차라리 경찰에 신고하는 건 어떨까요?"

나는 두 사람을 향해 물었다. 나 혼자 죽는 건 그렇다고 해도 아무 관련도 없는 차미조와 정후가 위험에 빠지는 건 원하지 않았다. 그렇다고 돌아갈 순 없었다. 아직 이곳에서 얻어야 할 정보가 많기 때문이었다.

"그러면 일만 더 복잡해져요. 벌써 7시에 가까워지고 있어요. 주위도 어두워지고. 경찰 출동하면 조사니 뭐니 해서 시간만 뺏길 거예요. 그렇다고 경찰이 저주를 믿어줄 것 같지도 않고요."

차미조의 말에 나도 수긍할 수밖에 없었다. 듣고 있던 정후가 이야기했다.

"이장이 그랬죠. 사라졌던 흉담의 저주를 육모돈이 되살려냈다고. 그러면 육모돈은 그 흉담을 누구한테 들었을까요? 노트에도 흉담을 듣기로 했다고만 적혀 있잖아요."

"그러고 보니……."

내가 생각하기에도 그 점이 이상했다. 어르신과의 대화는 육모돈이 심하게 기침하면서 끝났다. 이후 더 이어갔던 걸까? 그러면서 흉담을 들었나? 아니다. 뭔가 아귀가 맞지 않는다. 어르신을 비롯해 이곳 사람들은 학살에서 간신히 살아남았다. 그게 다 흉담 덕분이었다. 그랬는데 그걸 함부로 퍼뜨리려 할까?

여러 의문과 고민은 다시 첫 질문으로 돌아왔다.

그런데 이장은 왜 우릴 죽이려 했을까?

실마리가 잡힐 듯 잡히지 않은 채 허공에서 춤을 췄다. 비가 세차게 내렸다. 이제 사위는 깜깜했다. 차미조는 시동을 켜지 않고 있었다. 우리는 그야말로 어둠 속에 앉아 각자 생각에 빠졌다. 잠시 침묵이 이어지던 그 순간, 어떤 장면이 눈앞으로 휙 지나갔다. 그야말로 찰나였지만 잠들어 있던 내 신경을 깨우기 충분했다. 나는 정후를 향해 말했다.

"정후 씨. 아까 동영상 찍은 거 있죠?"

"동영상? 아! 네. 있어요."

"그거 좀 볼 수 있을까요?"

"잠깐만요."

정후는 핸드폰을 꺼내 잠시 조작하기 시작했다.

"무슨 동영상이요?"

차미조가 물었다.

"육모돈이 어르신을 만났던 그 영상을 정후 씨가 그

대로 찍었잖아요.”

“여기 있어요.”

내 대답이 끝나자마자 정후가 자기 핸드폰을 내밀었
다. 거기엔 모니터를 찍은 영상이 떠 있었다. 재생과 동
시에 어르신의 방이 모습을 드러냈다. 직접 그 영상을
보는 것과는 분명 달랐지만, 그래도 확인할 부분은 다
담겨 있었다.

컴컴한 방. 어르신 뒤편의 병풍이 보인다. 그 옆으로
부채나 신칼 등이 벽에 걸려 있다. 무구다. 그 아래 선
반에…….

“이거야!”

나도 모르게 목소리가 커졌다.

“뭔데요?”

정후가 그렇게 물으며 고개를 쓱 들이밀었다. 나는
영상을 정지한 다음 차미조와 정후가 볼 수 있게끔 핸
드폰을 돌린 뒤 선반 쪽을 가리키며 말했다.

“이거 보이죠? 까만색 항아리. 이게 바로 그 항아리
아닐까요?”

그랬다. 불현듯 기억으로 떠오른 장면이 바로 이거였다. 처음에는 그저 흘려서 봤는데 이제야 뇌에 새겨져 있던 흉담 내용이 스쳐갔다. '양손으로 들어 올려야 할 크기의 검고 반들거리는 항아리…….'

"부적을…… 붙여놓았네요."

차미조의 말 그대로 항아리 뚜껑을 가로질러 노란색 부적이 붙어 있었다. 저 안에 꿀이나 영양제 같은 게 들어 있지 않다는 데 난 전 재산을 걸 수도 있었다. 정후도 나와 같은 생각인 듯했다.

"이거예요! 여기에 악귀가 들어 있는 거라고요."

"어르신이라는 이 인간, 그냥 뒷방 늙은이가 아니네요. 무슨 일이 있어도 만나야겠어요."

차미조는 당장이라도 달려갈 듯 말했다. 나도 같은 마음이었지만 문제는 이장의 집이 어디인지도 모를 뿐만 아니라 마을 사람들이 우리를 순순히 놓아두지 않을 거라는 데 있었다. 내가 그 점을 지적하자 두 사람 역시 고민에 빠졌다.

"뭔가 좋은 방법이……."

정후가 중얼거렸을 때였다. 텅! 소리가 들리더니 누군가가 운전석 창문에 얼굴을 바짝 댔다. 천하의 차미조도 그 순간에는 놀라서 움찔했다. 얼굴에 주름이 자글자글한 노인이 차 안을 들여다보고 있었다.

"뭐야?"

차미조가 소리쳤다.

"아, 앞에도!"

정후가 정면을 가리키며 떨리는 목소리로 말했다. 나도 고개를 돌려 앞을 봤다. 시커먼 그림자 수십 개가 쏟아지는 비를 맞으며 서 있었다. 차미조가 바로 전조등을 켰다. 환한 불빛 아래 노인들이 모습을 드러냈다. 흡사 귀신처럼 버티고 선 그들은 하나씩 흉기를 들고 있었다. 전조등 불빛에 날붙이가 섬뜩하게 번득였다. 허리가 꼿꼿한 이, 구부정한 이, 남자 혹은 여자, 덩치가 크거나 작거나 다들 달랐지만 하나만은 똑같았다. 분노와 적개심으로 가득 찬 눈을 들어 차 안의 우리를 노려본다는 사실.

"이대로 확 밀어버릴까요?"

차미조는 정면을 응시하며 말했다. 그게 가장 확실한 해결책이긴 했지만 가장 골치 아픈 결과를 낳는 방법이기도 했다. 차미조는 한적한 마을에 모여 있던 노인 여럿을 친 죗값을 치러야 할 것이고, 나는 그 모습을 보기도 전에 온몸이 피투성이가 되어 죽을 테니까.

똑똑.

이번에는 내가 앉은 조수석 창문 쪽에서 소리가 들렸다. 고개를 돌리니 이장이 서 있었다. 나는 창문을 조금 연 다음 소리쳤다.

"이게 무슨 짓입니까?"

"내려!"

이장은 그 말과 함께 길쭉한 쇠뭉치를 겨눴다. 엽총이었다.

"총! 경찰, 경찰에 신고할 거니까……."

"멈춰! 그냥 하는 말 아니다."

엽총의 총구가 정후에게로 돌아갔다. 그 순간이었다. 차미조가 속삭였다.

"꽉 잡아요."

붕! 엔진이 돌아간다 싶더니 지프가 튕기듯 후진했다. 이장의 당황한 표정이 순식간에 멀어졌다. 앞에 서 있던 노인들은 엉거주춤 따라왔다. 이장이 엽총을 겨눴다. 설마…… 하는데 총성이 울려 퍼졌다.

"악!"

차미조는 비명과 함께 핸들을 꺾었고, 동시에 지프는 논두렁으로 빠지며 기우뚱했다. 짙은 어둠이 확 밀려왔다.

전건우.

누가 내 이름을 불렀다. 성대를 쥐어짜내는 것처럼 꽉 잠긴 목소리에 어눌한 말투였다. 아직 보이지 않는 곳, 저 멀리서 들렸다. 다만 조금씩 다가오고 있다는 건 알 수 있었다.

전건우.

그것은 내가 여기 있다는 걸 안다. 확실히, 안다. 그 사실을 깨닫는 것만으로도 소름이 돋았다.

나는 필사적인 마음으로 주위를 둘러봤다. 텅 빈, 그

리고 무척 어두운 공간이었다. 간신히 몇 미터 앞 정도
만 알아볼 수 있었다. 차미조와 정후가 내 앞에 쓰러
져 있었다. 둘 다 모로 누웠다.

거기 있지?

그 물음에 하마터면 대답할 뻔했다. 움찔하면서도
숨을 참았다. 시간이 얼마나 흐른 걸까? 벌써 자정이
된 건가? 악귀가 날 찾아오는 건가? 끔찍한 상상이 머
릿속을 지배했다. 지금이라도, 아직 늦지 않았다면 지
금이라도…… 흉담을 들려주고 싶다.

누구에게?

나는 엉금엉금 기어서 두 사람에게 다가갔다. 차미
조와 정후는 정신을 잃은 채 눈을 꼭 감고 있었다. 의
식이 없는 사람에게 흉담을 들려줘도 되는 건가? 확신
이 서지 않았다. 머리가 뒤죽박죽이었다. 이미 공포로
잠식된 뇌로는 이성적인 생각을 할 수가 없었다.

전건우.

거기로 간다.

가만히 들으니 그건 차문수 교수의 목소리 같기도

했다. 어둠이 일렁이기 시작했다. 온다. 그것이 온다. 악귀 차문수가. 심장이 밖으로 튀어나올 것 같았다. 반면 온몸은 싸늘하게 식어갔다. 이명이 들렸다. 어둠으로 꽉 막힌 공간, 나는 도망칠 곳도 찾지 못했다. 충동적으로 정후의 멱살을 잡고 흔들어 깨웠다. 꿈쩍도 하지 않았다.

"정후 씨. 내 이야기 좀 들어봐. 재밌을 거야. 응? 흐흐흐."

나는 정신없이 떠들었다. 정후는 깨지 않았다. 일부러 눈을 꾹 감고 있는지도 모른다고 생각하니 화가 치밀었다. 뺨이라도 때릴까? 그렇게 생각할 때 다시 목소리가 들렸다.

거의 다 왔어.

어둠이 또다시 일렁였다. 악귀가 다가오고 있었다. 놈은 내가 어디 있는지 안다. 살고 싶어! 그런 외침이 목구멍까지 치밀었다. 공황 상태에 빠진 나는 안절부절못하다가 결국 핸드폰을 꺼내 들었다. 손이 부들부들 떨려 핸드폰을 쥐고 있는 것도 힘들었다.

아무한테나 전화를 걸어서…….

흉담을 들려준다!

내가 살려면 그 수밖에 없었다.

누가 좋을까?

누가 내 전화를 받을까?

통화 목록을 휙휙 뒤지는데 한 단어가 눈에 들어왔다.

어머니.

언제나 내 전화를 기다리는 사람.

정신을 차렸을 땐 이미 어머니에게 전화를 걸고 있었다. 연결음이 몇 번 이어진 뒤 어머니가 전화를 받았다.

"아들이네?"

어머니는 아무것도 모른 채 반갑게 전화를 받았다.

"어, 어머니……."

입을 떼지 못하고 말을 더듬는 내게 어머니가 말했다.

"날 골랐지? 늙고 병든 노인네라서 괜찮을 거라고 생각하지?"

"네?"

"흉담 말이다, 아들아. 나는 그걸 들어줄 생각이 없

어! 호호호."

나는 핸드폰을 들고 아무 말도 못 한 채 멍하니 앉아 있었다. 어머니의 마지막 한마디가 날아든 후 전화는 끊어졌다.

"그냥 죽어. 크크크."

그 순간이었다.

전건우.

신경을 자극하는 외침과 함께 악귀가, 악귀 차문수가 긴 팔을 휘저으며 성큼성큼 다가왔다.

나는 비명을 질렀다.

정신을 차렸을 때는 거칠게 숨을 몰아쉬고 있었다. 시야가 좁아져 정면, 그것도 바닥 부분밖에 보이지 않았다. 누런 매트리스가 있었고, 아무래도 나는 거기 누웠다가 상체만 일으킨 것 같았다. 조금씩 호흡을 가다듬으며 주위를 둘러봤다. 채 1.5평도 되지 않을 듯한 좁은 방이었다. 창고로 쓰는 곳인지 종이 상자며 청소 용구 같은 것들이 아무렇게나 뒹굴고 있었다. 나는 팔다리를 움직여봤다. 멀쩡했다. 묶여 있지도 않았다. 다만 사고의 여파인지 뒤통수가 얼얼했다. 주머니를 뒤져봤지만 핸드폰은 없었다. 놈들이 가져간 모양이었다. 놈들, 그러니까 이장과 이 마을 노인들의 의중이 궁금했다. 도대체 뭘 노리는 걸까? 왜 우리를 죽이려 했을까? 아까부터 머릿속을 떠돌던 그 질문은 여태 해답을 찾지 못하고 있었다.

조심스레 일어나 문으로 향했다. 손잡이를 돌려봤지만 잠겨 있었다.

"어쩌지?"

저절로 그런 소리가 나왔다. 나를 둘러싸고 벌어진 이 모든 상황이 황당함을 넘어 당황스러울 지경이었다. 나는 일개 소설가일 뿐이었다. 다른 이에 비해 겁이 없어 위험한 장소에도 곧잘 가곤 했지만, 어디까지나 그건 안전하다는 확신이 있었기에 실행에 옮긴 것들이었다. 심령 현상을 경험했어도 간접적인 경우가 대부분이었다. 반은 농담 삼아 나는 귀신 보는 게 소원이라고 말했지만 실제로 그런 일은 벌어지지 않았다.

그랬는데…… 며칠 사이에 내가 알던, 그리고 내가 믿던 상식적인 세계가 완전히 바뀌어버렸다. 저주를 옮기는 이야기가 등장하고, 그 저주를 통해 악귀가 나타나 사람을 죽이는 세계는 내 상상력을 아득히 넘어서는 일이었다. 소설로 썼다면 너무 유치하다는 평을 받았으리라.

그런데 진짜였다.

싸구려 공포영화 속 등장인물이 된 기분이었다. 결국 모두 죽고 마는 그런 영화. 나처럼 배 나온 아저씨는 금세 죽고 말겠지. 실제로도 그런 상황이고.

그래도 몸부림이나마 쳐야 한다는 생각에 갇힌 방에서 탈출할 방법을 찾았다. 손잡이만 부순다면 문은 열릴 것 같았다. 방 안을 둘러보던 나는 종이 상자 사이에 놓인 망치를 발견했다. 자루 부분이 반들반들한 것이 자주 쓰는 공구인 듯했다. 그걸 집어 들고는 문 손잡이에 대고 힘껏 휘둘렀다. 둥근 모양으로 툭 튀어나온 문손잡이는 한 방에 떨어져 나갔다. 그리 큰 소리가 나지도 않았다.

좋아.

나는 망치를 꽉 쥔 채 밖으로 나갔다. 좁은 복도가 나왔다. 길었다. 천장은 낮았고, 거기에 알전구 하나가 달려 있었다. 그게 좁고 긴 복도의 유일한 광원이었다. 바닥은 나무로 돼 있었다. 아무리 조심스레 디뎌도 삐걱, 하는 소리가 울렸다. 그러고 보니 나는 신발 없이 양말만 신은 채였다. 발바닥을 통해 냉기가 올라왔다.

차미조와 정후는 어디 있을까?

설마 놈들이 벌써 해친 건 아닐까?

마음이 조급해졌다. 이젠 경찰에 신고하는 걸 망설일 때가 아니었다. 나는 죽음을 피할 수 없다고 해도 두 사람은 살려야 했다. 그러려면 알 수 없는 이 실내에서 서둘러 밖으로 나가야 할 것 같았다. 그런 생각으로 복도를 가로질러 거의 절반 정도를 지났을 때였다. 바깥으로 향하는 문이 보인다 싶었는데 바로 거기서 두런거리는 소리가 들려왔다. 적어도 셋 이상이었다. 이대로 마주친다면 내가 위험할 것 같았다. 나는 정신없이 좌우를 살피다가 미닫이문 하나를 발견하고는 살며시 열었다. 무척 어두웠다. 복도보다 훨씬 더. 잠시 몸을 숨기기에 딱 좋아 보였다. 재빨리 안으로 들어가 최대한 소리를 죽인 채 문을 닫았다. 그러고는 방 안을 둘러봤다.

누군가가 누워 있었다.

어두워서 잘 보이지는 않았지만 키가 큰 사람이었고, 이불을 덮은 채였다. 내가 들어갔는데도 그는 꼼짝도 안 했다. 깊은 잠에 빠졌거나 아픈 사람이거나 둘 중 하나라고 생각했다. 그때였다. 복도에서 목소리가 들려왔다. 이장인 것 같았다.

"아버지 좀 뵙고 오지."

순간 나는 알아챘다. 이 방이 바로 어르신의 거처라는 사실을. 나는 두리번거리다가 일단 병풍 뒤로 숨었다. 그 사이에도 자리에 누운 어르신은 아무런 반응을 보이지 않았다. 내가 병풍 뒤쪽으로 들어간 것과 거의 동시에 방문이 열렸다. 나는 온 신경을 날카롭게 세운 채 망치를 꽉 쥐었다. 믿을 건 이 단단한 공구밖에 없었다.

“아버지. 일어나보세요. 접니다.”

이장이 죽은 듯 자는 노인을 향해 말했다. 나는 오로지 소리로만 판단할 수밖에 없었다. 그랬기에 오히려 어르신이라는 그 작자의 호흡이 고르지 못하다는 걸 알 수 있었다. 하지만 곧 그 노인의 대답이 들렸다.

“어…… 그래.”

“그냥 누워 계세요. 몇 가지 말씀만 드리면 되니까.”

나는 이장과 어르신의 대화에 귀를 기울였다.

“제 발로 찾아온 골칫덩이 셋은 전부 잡아놓았습니다. 흉담을 들었다는 그 남자는 앞으로 한 시간 후면 죽을 테고, 나머지 둘도 처리하는 게 맞지 않을까 합니다.”

이장의 목소리는 덤덤했다. 뒤이어 어르신이라는 자가 대답했다. 아흔은 훨씬 넘었다는 그의 목소리는 가늘긴 해도 힘이 실려 있었다.

“뒤탈은 없겠나?”

“둘 다 죽인 뒤 탄광에 넣고, 차는 호수에 빠뜨리려고 합니다.”

"그 작가는? 흉담을 들었다는."

"말씀드린 것처럼, 자정까지 한 시간 남았습니다. 굳이 손을 쓰지 않아도 되겠죠."

"흉담이 퍼지진 않았겠지?"

"네. 그런 것 같습니다. 육모돈과는 다르더군요."

"육모돈……. 그놈이라면 흉담을 더 많이 퍼뜨릴 거라고 생각했는데 명이 너무 짧았어."

"네. 그래서 저도 흉담을 들려준 건데, 결과적으로는 실패했습니다."

"그 작가, 지금이라도 흉담을 퍼뜨릴 순 없을까?"

"한번 시도해보겠습니다. 아시다시피 결국엔 공포에 지게 되어 있으니까요."

"그렇지. 그 옛날처럼 말이야, 공포심은 결국 모든 걸 무너뜨리게 돼 있어. 그러고 보니 옛날이 그립군. 흉담에 겁을 먹고 이웃을, 가족을 밀고하던 그때 말이야. 끌끌."

"저희가 실적이 제일 좋았죠. 그게 다 아버지께서 만든 흉담 덕분이었어요. 흐흐."

두 부자의 비릿한 웃음이 병풍 너머까지 똑똑히 들렸다. 어렴풋하게나마 그림이 그려졌다. 나는 크게 오해하고 있었다. 이 마을 사람들은 피해자가 아니었다. 이들은 죄 없는 사람들을 빨갱이로 만들어 저 탄광 안으로 밀어 넣은 당시 정부의 부역자(附逆者)였다. 흉담이라는 끔찍한 저주를 만든 뒤 두 사람을 데려오지 않으면 악귀를 동원해 죽이겠노라 협박한 이들이 지금껏 대를 이어 여기서 살고 있었다. 그리고 그 저주를 만들어낸 이가 바로 어르신, 이장의 아버지였고. 애초에 억울한 사연의 무당 같은 건 있지도 않았다. 모두 지어낸 이야기, 하지만 그 이야기 자체가 주문이어서 흉담을 들으면 악귀의 방문을 받는 그런 상황이었다. 그 당시 많은 사람이 죽은 만큼 거기에 일조한 이들역시 많았다는 사실을 간과했다. 이 마을은 바로 그들이 차지한 곳이었다. 죄 없는 사람을 죽여왔던 이들이 대대로 이곳에서 살아오고 있었다.

놈들은 육모돈을 시작으로 뭔가 꿍꿍이를 펼치려 했다. 하지만 육모돈은 죽어버렸고, 그 자리에 내가 나타났다. 행여 자기들의 정체가 탄로 날까 봐 탄광에서는 모두 죽이려 했지만, 지금은 생각을 바꾼 듯했다. 마을의 비밀을 지키기 위해 우릴 죽이려 했다는 건 이해할 수 있지만 갑자기 나만 살려두려는 이유, 특히 한 시간밖에 남지 않은 내 생명을 가지고 무언가를 하려는 이유는 짐작하기 힘들었다.

내가 한창 고민하고 있을 때 방문 열리는 소리가 들렸다. 곧 누군가가 이장을 향해 외쳤다.

"이장님. 그 남자, 흉담 들었다는 그놈이 없습니다!"

"그래? 알았어. 주위를 찾아봐."

이장은 의외로 덤덤하게 말했다. 그러고는 자기 아버지를 향해 다가왔다. 발소리가 가까워졌다. 어르신이 물었다.

"너도 맡았니?"

"네. 진동하네요."

이장이 대답했다.

"귀신 누린내는 못 숨기지."

어르신이 그렇게 말한 순간, 병풍이 드르륵 열렸다.

나는 깜짝 놀라 망치를 들었다. 하지만 이장이 빨랐다. 그는 엽총으로 나를 겨눴다. 꼼짝도 못 한 채 얼어붙은 나를 향해 이장이 말했다.

"호기심이 강한 쥐새끼네."

저주의 끝

이장이 총구로 내 등을 쿡 찔렀다. 나는 두 손을 든 채 복도를 지나 밖으로 나갔다. 마당에는 이미 차미조와 정후가 무릎을 꿇고 있었다. 어느새 비는 그친 상태였다. 한쪽에는 모닥불이 타고 있었고, 그 주위로 마을 사람들이 잔뜩 모여 우리를 바라봤다.

"옆으로 가서 너도 앉아."

나는 이장의 말에 따라 차미조 옆에 무릎을 꿇고 앉았다.

"두 사람 다 괜찮아요?"

내가 묻자 차미조는 고개를 끄덕였고, 정후는 울상

을 지으며 말했다.

"다치진 않았는데 여기서 죽을 것 같아요."

나는 딱히 해줄 말이 없었다. 소설이나 영화 속 멋진 주인공이라면 그럴 리 없다고, 내가 구해주겠다고 장담해야 하는데 나는 그런 인물이 아니었다.

우리가 그런 이야기를 나누는 사이, 노인 한 명이 크고 푹신해 보이는 의자를 마루가 끝나는 지점에 놓았다. 곧 또 다른 노인 둘이 어르신을 부축해 왔다. 어르신은 육모돈이 찍은 동영상 속 모습 그대로였다. 큰 키에 비쩍 마른 몸매…… 그리고 입만 남은 민둥민둥한 얼굴. 눈동자가 없었지만 그 대신 자리 잡은 짙은 어둠은 우리를 똑바로 응시하고 있었다. 그는 품에 바로 그 항아리를 안고 있었다.

"자, 이걸 받아라."

그 말과 함께 이장이 나를 향해 핸드폰을 던졌다. 내 것이었다. 나는 핸드폰을 주워 들며 물었다.

"뭘 어쩌라는 거지?"

"두당 둘. 두 사람에게 흉담을 전해. 그게 네가 살 수 있는 유일한 길이야."

"거절한다면?"

"네 일행 둘을 차례로 죽이겠다."

"허튼소리 그만해! 이미 들었어. 내가 흉담을 퍼뜨리든 아니든 둘 다 죽일 거잖아. 그리고 나 역시 어차피 죽을 거라면 네가 시키는 대로 하긴 싫거든. 죽는 건 무섭지도 않아."

허세였다. 죽기 싫었다. 무서웠다. 시간이 얼마나 남았는지 몰라도 악귀가 날 죽인다고 생각하는 것만으로도 온몸이 덜덜 떨렸다. 더군다나 차미조와 정후는 그야말로 개죽음을 당한다. 그 사실 역시 나를 괴롭혔다. 두 사람의 표정도 어두웠다. 차미조마저 초조한 듯 입술을 깨물고 있었다.

"그러면 할 수 없군. 저 새파란 놈부터 죽일 수밖에."

이장이 말했다. 정후는 헉 소리를 내며 주위를 둘러봤다. 손도끼를 든 노인이 천천히 걸어왔다. 나는 다급하게 외쳤다.

"왜? 도대체 왜 이렇게까지 하는 거지?"

“그게 궁금하나?”

이장이 물었다.

“당신들 정체를 알아! 여기 있는 사람 모두 선량한 피해자가 아니야. 두당 둘! 바로 그렇게 두 명씩 끌고 와 저 탄광 아래에서 죽게 만들고는 당신들 부모는 살아났어. 모두 죄 없는 사람들이었지. 빨갱이의 ‘빨’ 자도 모르는. 그런 사람들을 죽여놓고 아무 일 없었다는 듯 여기서 터를 잡고 살아온 게 바로 당신들 부모고 그런 덕을 본 게 바로 당신들이야! 흉담이라는 것도 피해를 입고 죽어가던 이들이 만들어낸 저주가 아니라⋯⋯.”

“그렇다.”

어르신이 내 말을 잘랐다. 그러고는 히죽 웃으며 다시 말했다.

“흉담은⋯⋯ 내가 만들었지.”

“역시⋯⋯.”

“내 위로 신엄마가 있긴 했지만 그 여자는 나약했어. 이런 저주 같은 건 만들어낼 엄두도 못 냈지. 하지만

난 달랐다. 군 간부가 시키는 대로 죽음에 이르는 저주를 만들었다. 이미 수없이 죽어간 이들의 영혼을 가둬서 흉담을 만들어낸 거지. 물론 그 과정에서 이 모양 이 꼴이 되긴 했지만. 끌끌. 대신에 난 힘을 얻었어. 그래서 이토록 긴 세월 동안 여길 다스릴 수 있었지.”

어르신이 내뱉는 비릿한 웃음이 밤하늘에 울려 퍼졌다. 저 늙은이는 괴물이다. 그 생각이 머릿속을 스쳐 지나갔다. 그다음 순간, 한 가지 깨달음이 벼락처럼 머리를 때렸다. 나는 이장과 어르신 두 사람을 향해 소리쳤다.

“흉담, 거짓말이지?”

“뭐라고?”

반응은 즉시 돌아왔다. 이장이 나를 향해 성큼 다가왔다.

“그, 그게 무슨 소리예요?”

정후도 눈을 동그랗게 뜨고 물었다. 안경테가 구부러져 있어 불쌍함이 두 배는 더해졌다.

“생각해봐. 흉담처럼 강력한 저주를 여태 이 마을 사

람만 알고 있었어. 육모돈 때문에 우리에게 전해지지 않았다면 아마 영원히 마을의 전설로만 떠돌았을 거야. 그런데 그게 너무 이상해. 분명히 마을에서 나간 사람도 있을 텐데 여태 그 비밀이 지켜졌다는 게. 그래서 생각했어. 사실은 흉담을 들어도 아무 일이 안 생기는 건 아닐까 하고.”

“하지만 분명히 두 사람에게 전하지 않으면 온몸에 상처를 낼 정도로……”

정후는 말끝을 흐렸다.

“그 옛날, 처음 흉담을 퍼뜨렸을 때는 저 무당 일당이 직접 죽였을 거야. 겁에 질린 사람들은 그게 다른 이들 짓이란 걸 알면서도 흉담은 곧 저주라고 생각하며 지내게 됐지. 어때? 내 말이 틀렸나?”

나는 이장을 향해, 그리고 어르신을 향해 물었다.

“크크. 소설가라서 그런가? 상상력이 뛰어나군. 하지만 누구보다 네가 더 잘 알 텐데. 흉담이 진짜라는 거. 악귀가 널 찾고 있다는 사실, 너도 잘 알잖아. 안 그래?”

어르신은 입꼬리를 한껏 당겨 웃었다. 나는 고개를 돌려 차미조를 봤다. 짧은 순간 우리는 눈을 마주쳤다. 내 의도를 읽었기를 바라며 다시 어르신을 응시했다. 지금부터가 중요했다. 자정까지는 이제 채 몇 분도 남지 않았으리라. 어르신 말처럼 차문수 교수를 죽이고, 내 생명을 위협하는 건 분명히 악귀였다. 흉담이 낳은 악귀. 그렇다는 건…….

"지금의 흉담을 완성한 건 육모돈이었어! 그는 흉담에 자기 목숨을 걸었던 거야. 자기가 죽는다는 걸 알고 모든 증오와 분노를 담아서 흉담을 전했지. 그랬기에 저주가 발동했어. 이장 당신이 그저 반은 농담 삼아 전한 흉담과는 하늘과 땅만큼 차이가 있었던 거지. 그 사실을 뒤늦게 알고 이번에는 날 통해서 그게 어떤 식으로 뻗어나가는지 보려고 했던 걸 테고."

이장과 어르신 둘 다 말이 없었다. 대신에 정후가 중얼거렸다.

"그 옛날, 저주를 만들어내는 데까지는 성공했을지 몰라도 그걸 구체화하는 건 계속 실패했을 거예요. 흉담이 진짜로 원했던 건 저주를 실행하는 자의 목숨이었으니까. 그저 눈이나 코가 아니라.”

“시끄러워!”

그제야 어르신이 소리쳤다. 그가 들고 있는 항아리가 위태롭게 떨렸다.

“네 말이 맞다고 쳐. 그래서 뭘 바꿀 수 있지? 그 말이 맞으면 맞을수록 네가 처참하게 죽는다는 사실은 더 확실해지는데. 크크.”

이장은 비웃음을 터뜨렸다. 나는 바로 맞받아쳤고, 그게 차미조에게 보내는 사인이었다.

“그 항아리를 깨면 어떨까?”

그건 일종의 모험이자 도박수였다. 흉담 속 악귀에게는 항아리라는 머물 공간이 필요했다. 귀신이 깃든 물건, 예를 들어 거울이나 오래된 가구 같은 걸 없애면 거기에 담긴 존재는 사라지기 마련이다.

“뭐?”

이장이 거칠게 되물었을 때 차미조가 벌떡 일어났다. 그러고는 모닥불을 향해 달려갔다. 주위에 선 노인들이 당황해서 어쩔 줄 몰라 하는 사이 차미조가 불 붙은 장작 하나를 들고 마구 휘둘렀다.

"어어!"

다들 그런 소리만 낼 뿐 달려들 생각을 못 했다.

"잡아!"

그렇게 외치는 이장을 향해 차미조가 달려들었다. 나도 일어나 정후 옆에 멀뚱히 서 있던 노인을 덮쳤다. 다행히 힘에서는 내가 앞섰다. 나는 얼른 손도끼를 뺏었다. 내게 노인 둘이 달려들었지만 손도끼를 내밀자 흠칫 놀라며 물러섰다. 어르신이 힘겹게 일어나려는 게 보였다. 여전히 항아리를 꽉 쥐고 있었다. 이장이 자기 아버지를 부축하려 했다.

"미조 씨!"

내가 외치자 차미조가 불길이 이글거리는 장작을 휘둘러 둘 사이를 가로막았다. 어르신이 비틀거렸다. 그 때였다. 귀에 익은 알람이 밤하늘에 울려 퍼졌다. 내 핸드폰에서 쏟아지는, 자정을 알리는 알람이었다.

안 돼.

나는 거의 몸을 날리다시피 하며 어르신에게 달려
갔다. 그러고는 항아리를 향해 손도끼를 휘둘렀다.

쨍!

항아리가 깨진 것과 동시에 몸이 휘청거릴 정도의
광풍이 불어닥쳤다. 모든 불이 한 번에 꺼졌다. 집 안
의 전깃불도, 마당의 모닥불도. 암흑에 휩싸였다. 물
한 방울 새지 않을 만큼 촘촘하게 짠 어둠이 이장 집
과 마당을 덮쳤고, 뒤이어 차디찬 기운이 엄습했다.

좌우를 분간하기 힘들었다. 내가 서 있는지, 앉아 있
는지, 혹은 허공에 떠 있는지조차 알 수 없었다. 차미
조와 정후를 부르려 하다가 입을 닫았다. 무언가가 있
었다. 항아리에서 나온 무언가……

그 누구도 숨소리조차 내지 않았다. 다들 아는 것이
다. 아무것도 보이지 않는 이 암흑의 공간이 그것에게
는 너무나 익숙한 환경이라는 사실을. 항아리 속 존재,
원망과 분노와 미움이 똘똘 뭉쳐서 악귀가 된 그 존재
는 희생자를 찾아 돌아다니고 있었다. 지금껏 흉담 속

에서만 존재했지만, 육모돈 덕분에 실체를 얻었다. 기꺼이 차문수 교수를 죽였고, 불쌍한 요리사를 죽였으며…… 이제는 다른 목표물을 찾으려 하고 있었다. 그것이 첫 번째로 찾는 게 바로 나라는 걸 알았다. 항아리를 깨면 악귀가 사라질지 모른다고 생각했지만…… 틀렸을 수도 있다. 아니, 틀린 것 같다. 그것이 내뿜는 무시무시한 기운은 사납기 그지없었다. 온몸이 떨렸다. 턱이 나사 풀린 기계처럼 아무렇게나 움직여 입을 꽉 다물고 있어야 했다. 안 그러면 속절없이 딱딱딱 소리를 낼 것 같았다. 주먹을 어찌나 세게 쥐었는지 손톱이 손바닥을 파고들었다.

철픽.

그 소리가 지척에서 들렸다. 물에 흠뻑 젖은 땅을 밟는 소리였다. 아니다. 철철 흐르는 피에 발이 젖은 채로 걸음을 떼는 소리였다.

철픽.

철픽.

철픽.

점점 가까워졌다.

도망치고 싶었다.

미치도록.

으으.

터져 나오려는 신음을 간신히 참았다. 순간, 축축하고 끈적끈적한 것이 내 얼굴에 닿았다. 나도 모르게 움찔했다. 길고 긴 팔을 천천히 들어 올려 내 몸을 감싸려는 악귀의 모습이 눈앞에 그려졌다. 그러고는 내 손으로 직접 얼굴을 할퀴게 만들며…….

"윽!"

어둠 속 어딘가에서 그런 소리가 들렸다. 어르신이 내뱉은 소리 같았다. 육체적인 고통을 이기지 못해 토해내는 소리. 축축한 감촉이 사라진 건 바로 그때였다.

철퍽. 철퍽. 철퍽. 철퍽. 철퍽.

뒤이어 그 질척거리는 소리가 내게서 빠르게 멀어졌다. 내가 기대했던 대로 차미조 외할머니가 준 부적이 순간적으로 힘을 발휘한 모양이었다. 다음 순간, 머리카락이 주뼛 설 정도의 끔찍한 비명이 울렸다.

"으아아!"

비명만으로도 끔찍한데 뒤를 이어 피부를 긁고, 쥐어뜯고, 할퀴어대는 소리가 났다. 그 소리는 너무나 날카롭고 선명해서 피부 곳곳 피를 철철 흘리는 어르신의 모습이 훤히 눈에 보이는 듯했다.

얼마나 시간이 지났을까?

더는 아무런 소리도 들리지 않았다. 나는 워낙 긴장하고 있어서 그때껏 쪼그려 앉아 있다는 사실도 알아채지 못했다. 결국 힘이 다해 주저앉았고, 마침 손에 핸드폰이 닿았다. 자정을 알려주고 임무를 다한 핸드폰을 들어 올렸다. 그러고는 숨을 가다듬었다. 악귀가 내뿜는 사특한 기운은 사라지고 없었다. 몸을 옥죄던 사나운 냉기도 조금씩 옅어졌다. 그랬기에 용기를 내 핸드폰 플래시를 켰다.

제일 먼저 눈에 들어온 건 큼지막한 인간 덩어리였다. 덩어리. 그 단어 말고는 달리 어울리는 걸 찾을 길이 없었다. 어르신은 거의 몸을 반으로 접은 채 피부가 드러난 곳 모두를 빨갛게 할퀴어놓은 채 죽어 있었다.

"하아."

너무나 끔찍한 모습에 나는 플래시를 돌렸다. 이장이 넋이 나간 표정으로 앉아 있었다. 정신을 차렸는지 다른 노인 몇 명도 핸드폰 플래시를 켰다. 그때 차미조가 옆으로 다가왔다.

"지금이에요. 가요."

"알았어요. 정후 씨는?"

"저 여기 있어요."

정후 역시 플래시를 보고 내 옆으로 다가와 있었다. 우리는 서둘러 일어나 노인들 사이를 가로질렀다. 아무도 막지 않았다. 다들 어르신의 끔찍한 시신에서 눈을 떼지 못하고 있었다.

"차는 그대로 있을까요?"

내가 물었다.

"아마도요."

차미조는 그렇게 말하며 빠르게 달렸다. 나와 정후는 뒤뚱뒤뚱 따라갔다. 다행히 지프는 논두렁에 빠진 그대로 기우뚱하게 서 있었다.

"우리가 뒤에서 밀게요."

내 말에 차미조는 고개를 끄덕인 후 운전석에 올랐다. 나와 정후는 지프가 힘을 받도록 뒤에서 밀었다. 그야말로 젖 먹던 힘까지 다 냈다. 여기서 단 몇 분이라도 더 머물고 싶지 않았기 때문이었다. 다행히 지프는 그 터프함을 과시하듯 우렁찬 소리를 몇 번 내더니 도로로 올라갔다.

"빨리 타세요."

차미조가 창문을 열고 말했다. 나와 정후는 각각 조수석과 뒷좌석에 올랐다. 차미조가 가속 페달을 밟았다. 지금은 그의 과격한 운전이 반가울 지경이었다. 나는 무심코 사이드 미러로 뒤쪽을 봤다. 마을 노인들이 멀어지는 차를 노려본 채 서 있었다. 저들이 차를 향해 일제히 달려와 결국 따라잡아서는……. 나는 말도 안 되는 상상을 한다고 느끼며 눈을 감았다가 떴다. 이제 노인들은 보이지 않았다.

"저주를 증폭시킨 게 죽음을 앞둔 육모돈의 증오였다니 전 상상도 못 했어요."

정후가 낮은 목소리로 말했다.

"저도 긴가민가했는데, 마당에 붙잡혔을 때 이장과 그 어르신 대화를 들으니 알겠더라고요."

내가 말했다.

"항아리가 깨졌죠. 그 안에 뭔가가 들어 있던 건 틀림없고. 그건, 어디로 갔을까요?"

정후가 물었다.

"그건 저도 잘 모르겠어요. 항아리가 깨지면 그게 사라질 거라는 것도 반은 확신 없이 실행한 거라서."

"어휴. 다행이네요. 작가님 추측이 맞았잖아요. 사실 그게 최선의 판단이긴 했어요. 저도 비슷하게 생각했거든요. 저주가 깃든 물건 자체를 없애면 어떨까 하고……."

"그렇죠. 제가 이렇게 살아 있는 걸 보면."

"자, 여러분. 우리 조금 밝은 이야기 하면 안 될까요? 아니면 음악 듣는 건 어때요?"

차미조가 참다못해 한마디를 했다.

"좋아요. 이왕이면 라디오 듣죠."

내 말에 차미조는 라디오를 틀었다. 디제이는 경쾌한 목소리로 사연을 읽어주고 있었다.

"끝나도 끝난 게 아니라고 하셨네요. 좋은 말씀 해주신 육모돈 씨 감사합니다."

순간 차 안에 침묵이 흘렀다. 나는 재빨리 라디오를 껐다. 아무도 불평하지 않았고, 우리는 숨소리조차 조심해가며 한동안 밤길을 달렸다.

K시의 그 마을에서 도망친 후 일주일간은 집에만 머물렀다. 절대 밖으로 나가지 않았고 손님도 들이지 않았다. 당연히. 차미조의 외할머니가 준 여러 비방으로 집 안을 장식해놓았다. 소금, 부적, 그리고 거울 등⋯⋯.

물론 사건이 해결됐다는 건 알고 있었다. 내가 무사히 살아 있다는 게 그 증거였다. 어르신의 죽음과 관련한 기사는 나오지 않았다. 그쪽에서도 쉬쉬하는 게 틀림없었다. 나는 따로 신고를 할까 하다가 그만뒀다. 설명해야 했으나 설명할 길이 없는 요소가 너무 많은 사건이었다. 대신에 보도연맹 사건에 관심을 품고 계속 조사했다. 어떤 곳에서는 마을 사람 절반 이상이 희생되기도 했고, 교도소 수감자 중 대다수가 아무런 근거 없이 처형당하기도 했다. K시의 그 마을처럼 한 곳을 짚어서 무고한 희생자를 만들어 할당량을 채운 경우도 많았다. 지금 그 마을에 살고 있는 이들이 바로 그 할당량을 채운 뻔뻔한 놈들의 후손이라는 건 굳이 더 설명할 필요도 없었다. 그러고 보니 육모돈의 집에 있던 벽화의 의미도 알 것 같았다. 두당 둘. 밀고를 실행한 사람이 벽화에 그림을 그렸다. 자기 외에 두 사람의 얼굴을 그렸고, 기꺼이 거기에 따른 이들은 죽음을 면했다. 어떻게 보면 이런 방식으로 살아남은 이들 역시 희생자라 할 수 있었다. 내가 그런 쪽으로 조사하는 사이, 정후는 다시 발람으로 돌아가 여러 정보를 전달해줬다.

"등가교환 이야기를 하셨죠? 흉담 같은 강력한 저주에는 그에 마땅한 희생이 있어야 하지 않느냐고. 어르신, 그러니까 그 무당은 죽어가는 이들의 원념을 이용

했어요. 그 탄광에서만 100여 명 가까이 죽었다고 하니 저주의 재료로 삼기에는 딱 좋았던 거죠. 여기에 어르신이 자기 눈과 코, 그리고 귀까지 바침으로써 다시 없을 잔혹한 저주가 탄생한 거고요. 완전히 잊으라고 하는 건 무리겠지만, 작가님도 이제 더는 신경 쓰지 마세요. 흉담은 사라졌어요. 완전히 없어진 저주라고요. 거기에 얽매일 필요가 없다는 뜻이죠. 뭐, 그렇다고 시험 삼아 다른 사람에게 들려주라고 권하고 싶진 않지만……."

그랬다. 정후의 말처럼 흉담의 저주는 끝났을지 몰라도 그 내용만은 머릿속에서 떠나지 않았다. 아무리 시간이 지나도 단어 하나 빠뜨리지 않고 그대로 전할 자신이 있었다. 게다가…… 너무나 털어놓고 싶었다. 흉담은 내 마음 중앙에 박인 일종의 굳은살 같았다. 가끔 건드리기라도 하면 몹시 아팠다. 파내고 싶어도 방법이 없었다.

아! 이 이야기를 빠뜨리면 안 되겠다.

차미조와 통화하다가 잠깐 그녀의 외할머니와 대화

할 기회가 생겼다. 차미조가 외할머니가 옆에 있는데 작가님과 통화하고 싶어 하신다고 말했던 것이다. 나는 마다할 이유가 없을 뿐만 아니라, 이 기회에 감사함을 표하고 싶었다.

"여보세요?"

내가 말하자 예상보다 훨씬 고운 목소리가 돌아왔다.

"옥천보살이라고 해요. 전건우 작가님이죠?"

"네! 보살님. 신경 써주셔서 정말 감사합니다. 덕분에……."

"한 번 더 고비가 있을 거예요."

옥천보살은 그 고운 목소리로 단호하게 말했다.

"네? 무슨……."

"그렇게 나와요. 고비가 한 번 남았다고. 절대 속아서도 안 되고 방심해서도 안 됩니다. 저는 작가님 소설 오래오래 읽고 싶거든요."

"네. 아, 알겠습니다."

그런 찜찜한 대화가 오가고 딱 이틀 후, 이제 슬슬 외출을 해야겠다 싶어서 집에서 나갔다. 동네 산책이라도 할 생각이었다. 계단을 내려가 1층 공동 현관으로 향하는데, 문밖에 누가 서 있었다.

키가 컸다.

게다가 무시무시할 정도로 말랐다.

나는 일단 멈칫했다. 아직 그 사람의 얼굴이 보이지는 않았다. 두 계단, 딱 그 정도만 내려가면 얼굴도 볼 수 있을 것 같았다. 그 사람은 초인종을 누르고 기다리는 듯 우뚝 서 있었다. 조심스레 계단을 내려갔다. 한 계단, 또 한 계단. 얼굴이 보였다.

눈과 코, 그리고 귀가 없었다. 반들반들한 그 얼굴에 유일하게 남은 새빨간 입술이 귀에 걸릴 듯 쫙 찢어져 미소를 짓고 있었다.

나는 정신없이 집으로 달려 올라갔다.

그날 밤은 뜬눈으로 새웠지만 다른 일이 일어나지는 않았다.

흉담에 얽힌 내 이야기는 이렇게 끝난다. 일개 소설가가 감당하기에는 너무나 극적인 이 일이, 진짜로 일어났다.

몇 년이 흘렀다. 차미조와는 연락이 거의 끊겼고, 발람과는 가끔 메시지를 나눈다. 그는 여전히 PC방에서 아르바이트를 하고 있고, 나도 공포소설을 계속 쓰고 있다. 누군가가 귀신을 믿느냐고 물으면 그렇다고 대답하면서. 직접 본 적이 있느냐고 물으면…… 나는 아니라고 말한다.

왠지 그편이 안전할 것 같기 때문에.

그리고 또 하나, 무서운 이야기를 해달라고 할 때 늘 망설인다.

"흉담이라고 아세요?"

이렇게 운을 띄우지 않으려고 애쓰면서.

에필로그

흥담 사건은 일단락됐지만 그 여파는 쉽사리 나를 놓아주지 않았다. 그 사건이 발생한 후 장장 1년간 나는 이유 없이 기절하곤 했다. 때와 장소를 가리지 않았고, 어떤 전조 증상도 없었다. 한 번은 화장실에서 기절해 광대뼈를 변기에 부딪치는 사고를 겪기도 했다. 그 탓에 광대뼈에는 금이 갔다. 어떤 때는 홍대 카페에서 작업하다가 그대로 정신을 잃었다. 깨어났을 때는 응급실 침대 위였다. 이런 일이 한두 번이 아니었고, 실제로 아주 위험하다는 생각에 여러 검사를 했다. 당연한 건지 아닌지 모르겠지만 의학적으로는 아무 이상이 없었다. 결국 고민 끝에 옥천보살에게 상담했고, 그분은 제주도의 유명한 심방을 소개해줬다.

결국 제주도까지 날아가 그 심방을 만났다. 후덕한 인상의 그는 꽤 나이가 많았는데 내가 들어가자마자 이렇게 말했다.

"그 이야기 하려면 썩 나가!"

심방은 알고 있었다. 내가 흉담에 시달리고 있다는 것을.

"어떻게 하면 좋을까요?"

나는 무릎을 꿇고 물었다. 심방은 나를 물끄러미 보더니 혀를 끌끌 찼다.

"세상 무서운 줄 모르고 너무 나댔어! 원래 겁 없이 태어났다마는 그게 명줄을 이어주진 않아! 앞으로도 똑같이 행동하면 얼마 못 가서 관 뚜껑 닫는 거야. 알았어?"

심방의 엄중한 경고에 나는 고개를 끄덕일 뿐 다른 말은 하지 못했다. 심방은 이어서 말했다.

"이야기를 자꾸 지어내! 없는 이야기를 지어내면 있

던 삿된 기운이 조금씩 붙으며 떨어져 나가. 네가 들은 이야기, 몇 년 지나면 기운이 다 빠질 거야. 그때 꼭 이 야기로 만드는 거 잊지 말고. 내가 뭐 하나 줄 테니까 그거 꼭 가지고 다녀. 그럼, 기절하는 일은 없을 거야.”

그러면서 심방이 내민 건 털 뭉치였다. 한 손에 쏙 들어올 만큼 작았다.

“이게 뭔가요?”

“여우 털이야. 가지고 다니기 좋게 만든 거니까 절대 품에서 떼지 마. 나중에 괜찮아지면 불에 태워 없애고.”

“감사합니다.”

나는 거금을 내고 여우 털 뭉치를 받아 왔다. 정말 로 효험이 있었던 건지, 그걸 지니고 나서는 정신을 잃 는 일이 없어졌다. 어쩌면 플라세보 효과나 확증 편향 일 수도 있겠다고 생각하면서도 나는 그걸 소중하게 대했다.

그 이후로 나는 엄청나게 왕성한 활동을 했다. 장편 도 여러 권 내고, 앤솔러지에도 많이 참여했다. 많이 써서 빨리 털어버리는 것, 그게 내 목표였다.

흉담 사건 이후 정확히 5년이 지났다.

앞서 말한 것처럼 이제는 이 이야기를 써도 되겠다는 느낌을 받았다.

물론 흉담의 내용을 그대로 적지는 않았다. 안심해도 된다. 그걸 읽었다고 해서 악귀 천건우가 찾아가는 일은 없을 테니까.

다만 이 작품을 집필하는 중간에 한 가지 이상한 일이 있었다는 걸 털어놓아야겠다.

왼쪽 어깨가 너무나 아팠다. 시린 통증을 견딜 수 없어 한의원에 가서 침도 맞았지만 나아지지 않았다.

지금도 아프다. 팔을 간신히 들어 올릴 정도다.

부디 당신에게는 아무런 일도 생기지 않길 바란다.

그러니 잊지 않고 꼭 실행하도록.

절대 소리 내서 읽지 말 것,

절대 한밤중에 읽지 말 것,

절대 자기 전에 읽지 말 것,

다 읽은 뒤에는 소금물로 입을 헹굴 것.

나는 어릴 때부터 호기심이 많았다. 대신에 겁은 없었다. 두 가지가 합쳐져서 경험했던 게 '주인집 할아버지 사건'이었다.

초등학교 2학년 때였다. 우리 가족은 다세대 주택에 살았고, 화장실은 마당에 하나밖에 없었다. 새벽과 아침의 경계쯤 되는 시간에 나는 혼자 일어나 화장실로 향했다. 어둑어둑한 가운데 저 멀리 여명이 밝아오고 있었다. 지금도 생생히 기억하는 건 그 여름날 아침이 유독 쌀쌀했다는 점이다. 반소매 아래로 드러난 팔에 오소소 소름이 돋았던 걸 잊을 수 없다.

집에서 나와 마당으로 향했는데 누군가가 평상에 드러누워 있는 걸 발견했다.

러닝 차림의 노인이었고, 나는 그가 주인집 할아버지라는 걸 단번에 알아봤다. 종종 내게 사탕을 건네주곤 하시던 그 할아버지는 무척 친숙한 존재였다. 그럼에도 본능이라고 할까, 아니면 이성의 일부분이라고 할까, 아무튼 머릿속에서 무언가가 경고의 메시지를 보냈다.

가까이 가지 마!

가까이 가면…… 안 돼!

아홉 살 소년이 똑똑히 느낄 정도로 할아버지를 둘러싼 주변 분위기는 기괴했다. 그랬기에 그토록 가지 말라는 외침이 들렸으리라.

하지만 나는 다가갔다. 앞서 말했듯이 호기심이 많았고 겁은 없었다. 꺼림칙함을 느끼면서도 다가가서 확인해보고 싶은 욕망이 샘솟았고 결국 후자가 이겼다. 두려움은 호기심을 이길 수 없다는 게 내 지론이다.

주인집 할아버지는 하늘을 보고 반듯하게 누워 있

었다. 나는 조금씩 다가갔다. 할아버지의 얼굴은 딱딱하게 굳어 있었다. 게다가 창백했다. 술을 자주 마셔 늘 시커멓던 얼굴은 어디론가 사라지고 새하얀 피부만 남아 있었다.

"할아버지."

조심스레 그렇게 불러봤지만…… 대답은 돌아오지 않았다.

죽었구나.

그 순간 그런 생각이 들었다. 죽음과 마주한 적은 한 번도 없었지만, 어떻게 된 일인지 그런 사실을 깨달을 수 있었다. 할아버지가 왜 평상에서, 이른 아침에, 그것도 반듯하게 누워 죽었는지는 알 수 없었지만 생명의 기운이 모두 빠져나갔다는 건 충분히 알 수 있었다.

그래서 무서웠냐고?

아니었다. 물론 긴장되긴 했지만 두렵거나 공포심에 휩싸이진 않았다. 물론 그렇다고 해도 몸이 떨리는 걸 멈출 순 없었다. 무섭기 때문이 아니었다. 죽은 사람을 봤다는 사실에 심장이 두근거렸고 목덜미에 땀이 맺

했다. 그건 바로 호기심이었다. 호기심이 충족되는 순간, 긴장감이 한 번에 확 터져 나온 것이었다.

그렇다고 해서 마냥 거기 서 있을 순 없었고, 나는 주인집 안으로 들어가 이렇게 외쳤다.

"할아버지가 이상해요."

이후 난리가 났다. 주인집 식구들이 달려 나와 할아버지의 사망을 확인했고, 구급차가 왔고, 부모님은 나를 안고 집으로 들어가버렸다. 엄마가 내게 물었다.

"괜찮아?"

"응."

정말 괜찮았고, 그 이후로 나는 죽은 주인집 할아버지를 처음 발견한 용감한, 혹은 특이한 아이로 불렸다. 부모님이 경계하던 경기라거나 트라우마에 시달리지도 않았다. 다 말할 순 없지만 나는 이후에도 몇 번 더 죽은 자를 목격하게 되었다.

《흉담》은 내 실제 경험담이다. 물론 모든 부분이 다 실제 사건은 아니며 당연히 픽션이 들어가 있다. 다만 한 가지, 흉담을 들었고 그 이후 저주라 할 수밖에 없는 현상에 시달린 건 사실이다. 당연하게도, 흉담의 실제 내용은 철저히 지어낸 것이다. 내가 들었던 걸 그대로 쓸 순 없었다. 그랬다면 독자에게도 무차별적으로 저주라고 할까, 앙화라고 할까 그런 게 미칠지도 모른다고 생각했기 때문이다.

내가 호들갑을 떠는 걸지도 모른다고?

그렇다면 이거 하나만 말하겠다.

두려움은 늘 호기심을 이길 수 없다는 생각에도 불구하고, 나는 다시 그 시절로 돌아간다면 절대로 '흉담'을 들을 생각이 없다. 그런 경험은 두 번 다시 하고 싶지 않다. 그러니 여러분도 이 정도 이야기에 만족하시길.

마지막으로, 호기심이 늘 두려움을 이기기에 내 작품을 기꺼이 읽어주는 독자 여러분께 무한한 감사를 전한다. 어린 시절 첫 죽음을 본 소년은 자라서 공포 소설가가 되었다. 그 소년이 평소 궁금해했고 탐구해왔으며 호기심을 품고 조사했던 이야기가 세상에 나올 때마다 즐겁게 읽어주는 독자 여러분이 있기에 나

는 오늘도 쓴다. 더불어 멋지게 작업해주신 출판사 편
집부에도 감사의 말을 전한다.

2026년 4월

전건우

는 오늘도 쓴다. 더불어 멋지게 작업해주신 출판사 편

집부에도 감사의 말을 전한다.

〈심야괴담회〉에 전건우 작가가 출연했을 때의 일이다. "PD님, 혹시 '흉담'이라고 들어보셨어요?" 괴담이라면 사족을 못 쓰는 편인데도 '행운의 편지'처럼 흉흉한 얘기는 굳이 듣고 싶지 않다며 손사래를 친 적이 있다. 〈심괴〉의 초기 자문 위원이자 출연자였던 전건우는 한국 공포문학을 일별할 때 결코 빼놓을 수 없는 이름이다. 큰 문학상의 영예도, 베스트셀러의 영광도 얻기 어려운 장르를 표표히 이끌어가는 전건우의 존재는 방송 시장에서 〈심괴〉의 행보와 닮아 단연 독보적이다. 괴담은 잡다한 지식을 깊은 층위까지 이해하고, 다수의 반전을 일거에 획득해야 하는 까다로운 장르다. 이 소설은 오컬트에 대한 박식함뿐만 아니라 금기, 미신, 도시 괴담, 현대사의 비극 등 여러 요소가 뒤얽혀 독자들을 쉴 틈 없이 빠져들게 한다. 원고를 받자마자 정신없이 읽었다. 이제 소금물로 입안을 헹궈야겠다.

— 임채원 (MBC 〈심야괴담회〉 PD)

흉담(凶談)

전건우 장편소설

초판1쇄	2026년 4월 22일
초판3쇄	2026년 5월 6일

지은이	전건우

발행인	문태진
본부장	서금선
책임편집	김수현　　　　래빗홀 최지인 이은지

기획편집팀	한성수 임은선 임선아 허문선 강유정 이준환 송은하 김광연 송현경 이예림 원지연
마케팅팀	김동준 이재성 박병국 문무현 김은지 이지현 전지혜 조용환 김화정 천윤정
저작권팀	정선주 김하림
디자인팀	김현철 강재준 황주미
경영지원팀	노강희 윤현성 정현준 조샘 이지연 조희연 김기현
강연팀	장진항 조은빛 신유리 김수연 송해인

펴낸곳	㈜인플루엔셜
출판신고	2012년 5월 18일 제300-2012-1043호
주소	(06619) 서울특별시 서초구 서초대로 398 그레이츠 강남 11층
전화	02)720-1034(기획편집)　02)720-1024(마케팅)　02)720-1042(강연섭외)
팩스	02)720-1043
전자우편	books@influential.co.kr
홈페이지	www.influential.co.kr

ⓒ 전건우, 2026

ISBN 979-11-6834-376-4 (03810)